Uległy Niewolnik i inne historie

Erika Sanders

Seria
Dominacja i erotyczna uległość

Streszczenie

Książka ta składa się z następujących historii:
Uległy Niewolnik
Życzenie Sandy
Apokalipsex zombie

Uległy Niewolnik to powieść o silnych treściach erotycznych BDSM i z kolei nowa powieść należąca do zbioru Erotic Domination, serii powieści o dużej zawartości romantycznej i erotycznej BDSM.

(Wszystkie postacie mają ukończone 18 lat)

Notatka pisarka:

Erika Sanders to znana na całym świecie pisarka, tłumaczona na ponad dwadzieścia języków, która swoje najbardziej erotyczne, odbiegające od zwykłej prozy pisarstwo, podpisuje panieńskim nazwiskiem.

Indeks

ULEGŁY NIEWOLNIK I INNE HISTORIE
ERIKA SANDERS

ULEGŁY NIEWOLNIK

8

ROZDZIAŁ I

Gdzie ona do cholery była?

Tak właśnie pomyślałam, siedząc przy dwuosobowym stoliku w kawiarni przy głównej ulicy na obrzeżach miasta.

Wypiłem już dwie filiżanki kawy i minęła ponad godzina od tego, na co wczoraj się zgodziliśmy, i cholera, musiałem iść się wysikać.

Nie wiedząc, czy zostać, czy odejść, czy cokolwiek innego, w końcu przekonałem siebie, że zostałem porzucony i zdecydowałem się udać po pomoc.

Co za pieprzona strata czasu, a to kolejny cios w moje ego... Stało się to zbyt blisko tamtego razu, powinienem był wiedzieć lepiej, pomyślałem, wstając od stołu i kierując się do męskiej toalety.

Spotkaliśmy się na czacie pewnego wieczoru.

Stworzyłem pokój z tematem znalezienia Dominatrix we właściwym miejscu i po kilku godzinach przyszła Lucy i zaczęliśmy rozmawiać o tym, co nam się podoba, a co nie w danej sytuacji i temacie.

Wymieniliśmy się zdjęciami... nic ryzykownego, na początku tylko zdjęcia nas w normalnych strojach.

Podobało nam się to, co zobaczyliśmy i postanowiliśmy spotkać się w kawiarni dziś rano, wczesnym rankiem w sobotę... właściwie bardzo wcześnie... o 6:15.

Następnie Lucy prosi mnie o przesłanie jej listy moich ograniczeń... pełnej listy tego, czego nie zrobiłbym i co chciałbym zrobić.

Poprosiła mnie także o przesłanie jej wszystkich moich pomiarów; wszystko, od długości mojego penisa w stanie erekcji po rozmiar mojego buta.

Później poprosiła mnie o przesłanie jej zdjęć mojego kutasa w normalnej formie, a także z pełną erekcją.

Zrobił wszystko, ale do cholery, znalazł się tutaj, w łazience w stołówce.

Wyszedłem z kawiarni i udałem się do mojego samochodu, który stał na tyłach parkingu, gdzie powiedziałem Lucy, że go zaparkuję i jednocześnie dałem jej numer rejestracyjny.

Gdy otworzyłem drzwi, szyba od strony pasażera w zaparkowanym obok mnie czarnym SUV-ie zaczęła się opuszczać.

– Piotrze, czy to ty? – odezwał się cicho kobiecy głos

Powiedziałem mu, że to ja.

„Przykro mi, ale musiałem się upewnić, że jesteś tą osobą, za którą się podajesz".

Spojrzałem na kierowcę i serce zaczęło mi bić w fantastycznym tempie.

To była Lucy. Wyglądała pięknie... w skórzanym płaszczu i wysokich skórzanych butach.

Jej skórzany płaszcz był rozpięty u dołu, odsłaniając nagie uda i trochę skóry nad nimi, ale nie byłem pewien, co to była dokładnie za skóra, ale spełniło to swoje zadanie: podnieciło mnie.

„Gdzie do cholery byłeś? Czekałem na ciebie ponad godzinę". Wypaliłem, patrząc na jej buty i poczułem, że mój kutas zaczyna zwracać uwagę na sytuację.

„A teraz, Peter, po prostu powiedz, co czujesz. Jeśli nadal chcesz się ze mną spotkać, od razu pójdziesz ze mną do mojego domu. Kiedy już tam dotrzemy, wjedziesz do garażu znajdującego się obok mojego samochód. Rozumiesz tego dzieciaka?

Zanim zdążył odpowiedzieć, okno się zamknęło, SUV wyjechał z parkingu i zaczął odjeżdżać.

Moja erekcja zgasła na miejscu w rekordowym czasie.

Co mam zrobić, co mam zrobić?

Przekleństwo.

Wskoczyłem do samochodu i pobiegłem za nią, mając nadzieję, że nie jest jeszcze za późno.

"Gdzie ona jest?" Powiedziałem sobie, zbliżając się do wyjścia... „Tam skręcił w prawo, kieruje się na zachód".

Starałem się dotrzymać jej kroku i utrzymać ją w zasięgu wzroku, nie przekraczając prędkości, ponieważ ta droga była znana z fotoradarów.

Miałem go w zasięgu wzroku, gdy nagle przeszedł przez bursztynowe światło, co zmusiło mnie do zatrzymania się i patrzenia, jak znika.

„Suka... on zrobił to celowo" – krzyknęłam na nikogo.

Czekałem, aż światło zmieni się na zielone, przez coś, co wydawało się wiecznością, po czym pojechałem tak szybko, jak to było możliwe, wierząc, że je straciłem.

– Ona jest, proszę bardzo. Krzyczałem do siebie... musiała utknąć w korku, a może się zatrzymała.

jechałem tuż za nią, a kilka mil później w końcu skręciła w prawo w boczną drogę, znaną z drogich domów i wspaniałych widoków, ponieważ były to działki nad jeziorem.

Jechaliśmy ze znacznie mniejszą prędkością.

Pewnie nie chce, żeby sąsiedzi cokolwiek zauważyli, pomyślałem.

Potem skręcił w prawo, w drogę, która na końcu miała ogromny dom i w pierwszej chwili pomyślałem, że się zgubiłem... ale pojechał do garażu i otworzył drzwi, zanim tam dotarłem.

Zostawiła samochód po lewej stronie, a ja pojechałem obok niej po prawej stronie.

Ledwo wszedłem do garażu, gdy drzwi zaczęły się zamykać, zgasiłem samochód i wysiadłem.

Otworzyła drzwi do głównego domu i gestem nakazała mi pójść za nią, co zrobiłem, ale z wahaniem.

Wytarłem stopy w matę, wszedłem do domu i zamknąłem za sobą drzwi.

Potem odwróciłem się i spojrzałem na Lucy.

„Czy wiesz, że mieszkasz pięć mil ode mnie..."

Klaps... Klap... Klap... Uderzyła mnie mocno w policzki.

– Jak śmiecie tak do mnie mówić? Nigdy więcej nie będziesz mnie przesłuchiwał, taki bezwartościowy kawał gówna jak ty! Rozumiesz mnie, Peter?

Byłam w szoku, nie spodziewałam się tego.

"Chyba tak."

Złapał mnie za przód koszuli... klaps, klaps... klaps.

Uderzyła mnie ponownie i tym razem próbowałem się chronić i chwyciłem ją za nadgarstek... tak odruchowo, ale zdałem sobie sprawę, że to było głupie i szybko puściłem.

„O cholera, mam przerąbane" – pomyślałem i czekałem, aż powie mi, żebym wyszedł.

„TERAZ, Piotrze, na kolanach!" Powiedział głośno, chwytając mnie za włosy i zmuszając do upadku.

„Zasłużyłeś na małą karę, niewolniku". Powiedziała.

Nazwała mnie niewolnicą i myślałem, że robi to od 20 minut.

Kolana miałem złączone, ręce po obu stronach, żeby się utrzymać, i patrzyłem na nią.

Spojrzała na mnie, a potem kopnęła mnie mocno w miejscu, gdzie dotknęły moje kolana.

„Rozsuń kolana, suko!"

Zrobiłem, co mi kazano.

Następnie położyła czubek prawej stopy na moim kutasie i mocno go nacisnęła.

„Nie zapominaj o tym znowu, Peter. Poza tym opuść swoją pieprzoną głowę i spójrz na podłogę. Połóż ręce na udach, dłońmi do góry, w pozycji właściwej dla niewolnika.

„Zasłużyłeś na piętnaście batów niewolników, które otrzymasz, gdy zacznie się nasza sesja. Pięć z nich za bezczelność, gdy pytałeś mnie, gdzie do cholery jestem. Pięć za udzielenie błędnej odpowiedzi polegającej na nie zwracaniu się do mnie z szacunkiem i nie nazywaniu mnie Panią ani Panią Lucy. Zrobisz to. Zawsze będziesz to robić, gdy nie będziesz w miejscu publicznym, tj. w samochodzie lub w domu... czy to tutaj, czy w prywatnym pokoju. Piątka to dotykanie mnie bez zgody, kiedy chwycił mnie za nadgarstek . Jeśli to zrobisz jeszcze raz, zostaniesz ukarany ponad swoje granice, bo ja muszę się chronić. Czy rozumiesz, dlaczego jesteś karany, Peter?

Spojrzałem jej w twarz najlepiej jak umiałem i powiedziałem:

"Tak, rozumiem".

Złapała mnie mocno za włosy i spojrzała mi w oczy.

– To będzie kolejnych pięć klapsów za nieposłuszeństwo wobec mnie, podniesienie wzroku i okazanie braku szacunku poprzez nie nazywanie mnie Panią. Rozumiesz mnie, Peter?

Spuszczając oczy i głowę najlepiej jak umiałem, chociaż ona nadal trzymała mnie za włosy, powiedziałem:

– Tak, pani Lucy, rozumiem.

„Wczoraj rozmawialiśmy o tym, że stajesz się moim pokutnikiem i niewolnicą seksualną i że potrzebujesz szkolenia. Zgadza się, Peter?"

– Tak, proszę pani, to prawda.

„Stwierdziłeś, że nie jesteś nastolatkiem ani młodszym, nie masz krwi, szpilek, igieł ani trwałych śladów. Czy to prawda, Peter?"

– Tak, proszę pani, to prawda.

„Czy oczyściłeś się dziś rano metodą szybkiej lewatywy, którą omawialiśmy?"

„Tak, pani Lucy, zrobiłem dokładnie tak, jak mi powiedziałaś".

„Czy nadal chcesz zostać moim żałobnikiem i niewolnikiem seksualnym, Peterem?

– Tak, proszę pani, bardziej niż kiedykolwiek.

Potem rozpuścił moje włosy i spuścił wzrok na ziemię.

Czuję się, jakbym właśnie wskoczyła na głęboką wodę i nie nauczyła się pływać.

„No cóż, zobaczmy, czy można cię przeszkolić. Wstań i opróżnij wszystkie kieszenie, zdejmij zegarek i pierścionki i połóż wszystko na małym stoliku!" co podkreśliła. „Więc zdejmij buty i połóż je na podłodze obok stołu".

Zrobiłem wszystko, co mi powiedział, tak szybko, jak mogłem, a ponieważ była to moja pierwsza szansa, rozejrzałem się po domu.

Znajdował się w głównym holu, niedaleko schodów prowadzących do piwnicy.

Spojrzałem na Dominatrix, nie nawiązując kontaktu wzrokowego, i zobaczyłem, że nadal miała na sobie skórzany płaszcz i buty.

Boże, jest jeszcze piękniejsza niż na zdjęciu, które mi wysłała.

Krótkie ciemnoblond włosy z grzywką w oczach. Nie mogę się doczekać, aż dowiem się, jaka jest reszta, tak jak myślałem.

„Teraz, Peter, do kontroli rozbierzesz całe ubranie, ręce za głową, głowa w dół i szeroko rozstawione nogi. TERAZ, cholerna suko, nie jutro!"

Rozebrałem się najszybciej jak mogłem i stanąłem nago, żeby się lepiej przyjrzeć.

Spoglądając w dół, obserwowałem, jak mój kutas zaczął rosnąć w oczekiwaniu na spełnienie moich marzeń.

Boże, jak bardzo chciałabym, żeby teraz doprowadził mnie do orgazmu, pomyślałam.

„Kiedy mówiłem, że chcę, żebyś miał szeroko rozstawione nogi, naprawdę to miałem na myśli. A teraz rozłóż nogi. SZEREJ! Ty idioto, idioto. I w najbliższej przyszłości możesz zapomnieć o orgazmie. tylko jeden, aby określić, kiedy go otrzymasz."

„Przykro mi, proszę pani... tak, proszę pani" – wypaliłem i spojrzałem na mojego twardego kutasa.

Następnie zdjął ze mnie ubranie i powoli okrążył mnie.

Najpierw uszczypnęła sutek, a następnie uszczypnęła główkę mojego penisa, ściskając go mocno i jęcząc przez zaciśnięte zęby.

Roześmiała się, sprawdzając mnie kilka razy.

„Teraz, niewolniku Piotrze, zbierz wszystkie swoje ubrania i zejdź do piwnicy. Otwórz pierwsze drzwi po prawej stronie, wejdź i zamknij drzwi. Nie włączaj żadnego światła... Tam, w centrum pokoju, znajdziesz torbę sportową z instrukcją na górze. Idź od razu do torby, przeczytaj instrukcję i postępuj zgodnie z nią. Masz 20 minut na wykonanie tego zadania, a ja będę obserwował z kamerą każdy Twój ruch. Czy ty rozumiesz Piotra?"

– Tak, pani Lucy, rozumiem.

„Więc idź, chłopcze, wykorzystałeś już 20 sekund".

Najszybciej jak mogłem, zebrałem ubrania, zbiegłem po schodach, otworzyłem pierwsze drzwi po prawej stronie, wszedłem i zamknąłem je za sobą.

„W co ja się do cholery wpakowałem, naprawdę mam przerąbane".

Tak, zdecydowanie skoczyłem w głęboką przepaść.

ROZDZIAŁ II

To nie powinno iść tak szybko, pomyślałem, upewniając się, że drzwi są zamknięte.

Opierając głowę o drzwi, zamknęłam oczy i zastanawiałam się, czy to się dzieje naprawdę.

40-letni profesjonalista, podobnie jak ja, rozwiedziony, wreszcie spełnił swoją fantazję.

Zostałem wprowadzony do zupełnie nowego świata.

Tam, na środku pokoju, z pojedynczym reflektorem świecącym na sufit, stała czarna mata, na której leżała torba sportowa, a właściwie torba Nike.

Szybko do niej podszedłem i poczułem na stopach chłód betonowej podłogi.

Może był w swoim lochu.

Na górze torby znajdowała się złożona kartka papieru z dopiskiem: „Niewolnik Peter", ja, ale skąd wiedział, że tu będę?

Wzięłam notatkę i zaczęłam ją czytać.

Niewolnik Piotr

Suko, zaraz padniesz na kolana, żeby przeczytać tę notatkę.

Postępuj dokładnie zgodnie z instrukcjami i śpiesz się, bo czas ucieka.'

Szybko uklęknąłem i rozejrzałem się, ale w pozostałej części pokoju nie było światła; tylko światło świeci na mnie, gdy czytam notatkę.

1. Ostrożnie układaj ubrania obok torby.

2. Wyjmij wszystko z torby i włóż do niej ubrania.

3. Załóż obrożę, upewnij się, że jest dobrze dopasowana, a następnie zapnij.

4. Załóż uprząż i zabezpiecz wszystkie klamry oraz pierścień młotkowy. Wszystkie muszą być ciasne.

5. Zapiąć mankiety na nadgarstkach i kostkach i zabezpieczyć kłódką. Każdy z nich jest oznaczony, gdzie powinien się znaleźć i powinien być ciasno założony.

6. Zapnij mankiety na kostkach za pomocą 6-calowego łańcuszka i kłódek.

7. Klamra na szczęce. Jest to szczęka o otwartej szerokości i powinna być bardzo ciasna.

8. Sprawdź miejsce i włóż do torby wszystko, czego nie używasz.

9. Załóż opaskę i mocno ją zapnij!

10. Zapnij razem mankiety na nadgarstkach.

11. Przyjmij pozycję slave i poczekaj.

Czytając notatkę, upadłem na kolana, próbując zlokalizować każdy przedmiot w torbie, aż w końcu, sfrustrowany próbami ich zlokalizowania, po prostu rzuciłem torbę przed siebie.

Kiedy to wszystko zobaczyłam, naprawdę uwierzyłam, że przyjdą inni, bo to wszystko nie mogło być tylko dla mnie.

Nagle z głośnika znajdującego się bezpośrednio nade mną rozległ się jego głos, głośny, głęboki i ciężki.

„ZOSTAŁO 15 MINUT".

To przypomnienie uruchomiło we mnie panikę, więc szybko zebrałam ubrania, wrzuciłam je do torby i zamknęłam ją.

Potem przeszukałem stos skórzanych pasków, aż znalazłem obrożę.

Cholera, to obroża karna.

Spojrzałem na gruby, wysoki na cztery cale czarny kołnierz i zastanawiałem się, jak go założyć, dopóki nie zauważyłem, że była tam mała otwarta kłódka, która przechodziła przez otwór w wyjątkowo szerokim sworzniu klamry.

Teraz zrozumiałem, jak należy go używać i usunąłem blokadę.

Podnosząc głowę, założyłem go na szyję tak, aby otwór znajdował się z tyłu, a D-ring z przodu i zapiąłem w wygodnej pozycji.

Następnie włożyłem kłódkę w otwór na szpilkę i zamknąłem ją.

Tam, to cholerstwo siedzi, pomyślałem.

Co dalej?

Na szczęście spędziłem trochę czasu na badaniu tematu zabawek dominacji i widziałem kilka reklam uprzęży w Internecie, więc udało mi się szybko je zlokalizować i po chwili przytrzymania zdecydowałem, że jest to uprząż na tułów.

Najszybciej jak mogłem, ustaliłem przód od tyłu, zarzuciłem go na siebie tak, aby główne kółka znalazły się z tyłu, a większość klamer regulacyjnych znajdowała się z przodu.

Na szczęście dwa paski, które owinęły się po obu stronach mojej szyi, były luźne, co pomogło ustawić przód w stosunku do tyłu, a także fakt, że pierścień na penisa również wisiał z przodu.

Te dwa paski spotkały się w kółko z przodu i z tyłu, na poziomie tuż pod moimi piersiami.

Od tego pojedynczego paska prowadzono do innego pierścienia na wysokości bioder, a od tego pierścienia z przodu inny pasek trzymał pierścień na penisa z paskiem przymocowanym pod spodem.

Zarówno przednie, jak i tylne pierścienie utrzymywały paski, aby połączyć boki od przodu do tyłu.

Po kilku sekundach miotania się i obracania zdecydowałam się połączyć boczne paski pierścionka pod piersią i zapiąć je tak, aby były ciasne, ale nie za ciasne.

Następnie powtórzyłem to samo z bocznymi paskami na biodrach.

Zaczynało to być trudne, ponieważ pasek na szyję utrzymywał moją głowę w górze i nie widziałem dobrze, co robię.

Następny był pierścień na penisa i wiedziałem, że trzeba to zrobić po prostu dotykając go, nie będąc w stanie patrzeć.

Boże, szkoda, że nie przesadziłem z wymiarami mojego kutasa, kiedy Lucy o to poprosiła.

Teraz nie leży to już na mnie tak dobrze i nie spodziewałem się, że będzie problem, dopóki nie udało mi się utrzymać pierścienia na penisa tak, abym mógł go zobaczyć.

Cholera, jest malutki!

Jak dostanę tam swoje części?

Brałem jedną kulkę na raz i miałem szczęście, że mój kutas był wtedy luźny i udało mi się przecisnąć trzonek przez pozostałą przestrzeń.

Trochę smaru by pomogło, ale go nie było.

Zacisnąłem pasek z pierścieniem na penisa na pierścieniu na biodrze, a następnie wziąłem pozostały pasek z pierścieniem na penisa, umieszczając go między nogami a tyłem biodra na plecach, a następnie, trzymając ręce za sobą, zapiąłem guziki najlepiej, jak mogłem.

Gdy tylko to zrobiłem, zacząłem mieć erekcję, w wyniku czego ból u podstawy mojego penisa i jąder był zaskakująco fantastyczny.

Następnie naciągnąłem każdy pasek i powtarzałem ten proces w kółko, aż poczułem, że są tak ciasne, jak powinny.

Cały proces utrzymywał mojego kutasa w stanie wyprostowanym aż do momentu jego zakończenia.

Z głośnika sufitowego ponownie dobiegł głos Lucy i wydawała się bardziej dominująca niż wcześniej.

„NIEWOLNIKU, MASZ 5 MINUT".

„Nie, to niemożliwe, proszę pani. To niemożliwe". Zaprotestowałem.

„MASZ 5 MINUT. SZYBKO".

Tak szybko, jak tylko mogłem, ustawiłem się i zablokowałem nadgarstki i kostki, wskazując, gdzie każdy powinien się udać.

Następnie znalazłem łańcuszek i przymocowałem go do mankietów na kostkach za pomocą kłódek przymocowanych do pierścieni D na każdym mankiecie.

Wszystko to nie było łatwe, ponieważ ta cholerna obroża ograniczała mój widok.

Potem knebel!

Była z grubej skóry i miała duży otwór, przez który przechodziły moje wargi i zęby.

Kiedy pierwszy raz spróbowałam, pomyślałam, że to jakiś błąd, bo za pierwszym razem nie udało mi się przesunąć ustami nad wystającym pierścieniem.

Spróbowałem jeszcze raz i wbiłem zęby w pierścień, ale było to boleśnie niewygodne.

Zapięłam go mocno, żeby mieć pewność, że nie odpadnie.

Boże, dziura była wystarczająco duża, aby pomieścić dobrego członka, ale miałem nadzieję, że nigdy jej nie otrzymam. Dlaczego nie umieściłem tego na mojej liście granic?

Po znalezieniu opaski zebrałem wszystko, włożyłem do torby i zamknąłem.

Poprawiłem opaskę na oczy i właśnie wtedy, gdy ją zabezpieczałem, głośnik sufitowy ożył.

„TWÓJ CZAS SIĘ SKOŃCZYŁ. TERAZ JESTEŚ MOIM NIEWOLNIKIEM".

O cholera, zapomniałem spiąć nadgarstki, wrzasnąłem przez knebel.

W desperacji znalazłem torbę, otworzyłem ją i po chwili, która wydawała się wiecznością, znalazłem otwartą kłódkę.

Szybko, ale z trudem i zajęło mi to chyba z 2 minuty albo i więcej, udało mi się zawiązać kajdanki na plecach.

Potem uklęknąłem w całkowitym poddaniu, z rozstawionymi kolanami.

O nie! Nie zamknęłam torby.

Klęczałam tam przez chyba najdłuższy czas na świecie, słuchając otwierania i zamykania drzwi.

Nie było żadnego dźwięku; Nic nie powiedział.

Buty stuknęły o podłogę i po ruchu powietrza nad moim ciałem i zapachu jej perfum poznałem, że jest blisko.

Boże, jak to pachniało fantastycznie.

Minęły lata, odkąd miałem taką kobietę tak blisko mnie.

Słyszałem dźwięk skóry jego butów, pomyślałem i wyobraziłem sobie, że sprawdza torbę.

Poczułam zapach skóry, którą miał na sobie, i zaczęłam się ekscytować, gdy uklęknęłam w geście poddania.

Plusk!

„Agrrrrrrrrrr" – jęknąłem po kopnięciu w jądra, które zabolało bardziej niż jakikolwiek inny ból, jaki kiedykolwiek doświadczyłem w życiu.

Nieoczekiwany ból zmusił moje kolana do złączenia się.

„Nie posłuchałeś mnie, bezwartościowy śmieciu. TERAZ rozsuń kolana!"

Powoli posłuchałem i odsunąłem kolana, spodziewając się kolejnego ciosu, ale nic nie nastąpiło.

Wymamrotałem w knebel niezrozumiałe „Przepraszam, pani".

„Rozczarowałeś mnie, Peter. Nie udało ci się wykonać pierwszego zadania, w wyniku czego klapsy otrzymasz dopiero wieczorem, a lanie będzie potrójne".

Impreza? Co ty do cholery mówisz?

Nagle pomyślałem i Lucy musiała wyczuć moje zaniepokojenie z powodu jakiegoś ruchu mojego ciała.

„Zamierzam zaprosić na dzisiejszy wieczór kilku moich przyjaciół. Czy chcesz wziąć w tym udział jako mój niewolnik, Peter? Będziesz główną atrakcją; właściwie dziś wieczorem będziesz jedyną atrakcją. Cóż, jesteś zainteresowany ?"

Próbowałem przyswoić sobie te wszystkie nowe informacje, kiedy...uderzenie...jego dłoń wylądowała na moim lewym policzku.

Cholera, to boli.

„Zadałem ci pytanie, Peter. Jesteś zainteresowany? Jeśli nie, twoja usługa w tym momencie się kończy!"

Najlepiej jak umiałem, pokręciłem głową na znak zainteresowania i wymamrotałem coś do knebla:

„Proszę pozwolić mi wziąć udział w przyjęciu, pani Lucy".

„W porządku, Peter, będziesz mógł wrócić do domu i przygotować się na imprezę, ale najpierw mamy kilka rzeczy do załatwienia tu i teraz. Nie zastosowałeś się zbyt dobrze do instrukcji, prawda? Nie wyszedłeś jakieś zabawki na naszą sesję, twój naszyjnik brzmi: „Odpuściłem sobie i jestem napalony jak cholera. Bardzo zła suka, bo zamierzam być dla ciebie bardzo surowy dziś wieczorem z tego powodu".

Następnie chwycił mnie za włosy i odciągnął moją głowę do punktu, w którym mogłam sobie wyobrazić, że patrzy na moją zakneblowaną twarz z zawiązanymi oczami.

„Za kilka minut, moja dziwko, nie będziesz już taka nieposłuszna" – powiedział głębokim, rozkazującym głosem.

Wiedziałam, co miał na myśli i uklęknęłam w milczeniu, gdy puścił moją głowę.

„Najpierw muszę cię nauczyć, abyś zawsze szanował i był posłuszny swojej Pani".

Odgłos jego butów wskazywał, że się odsunął i wkrótce usłyszałem, jak coś szurało w moją stronę.

Potem poczułem ją obok mnie i poczułem też, że coś porusza się przede mną.

Jego dłoń znajdowała się z tyłu mojej głowy, rozwiązując opaskę na oczach, która powoli się zsunęła, a ja zamrugałam kilka razy, przyzwyczajając się do światła.

Przede mną stał bok czarnej drewnianej ławki, która musiała mieć cztery stopy długości i czarny wyścielany skórzany blat szeroki na około dwie stopy.

Pokój był teraz w pełni oświetlony i rozglądając się, zauważyłem wszystkie skórzane przedmioty i bicze zwisające ze ścian oraz wszystkie łańcuchy i liny zwisające z sufitu.

Kiedy odwróciłem głowę bardziej w prawo, TAM BYŁA ONA.

O cholera, jaka ona piękna, pomyślałem.

Nadal miała na sobie czarne skórzane buty, ale miała na sobie jedynie mały czarny skórzany gorset zakrywający obszar od bioder do tuż pod piersiami i parę czarnych skórzanych rękawiczek.

Natychmiast zacząłem twardnieć.

„Wstań, niewolniku, pochyl się nad ławką" – rozkazał.

Szczerze mówiąc, próbowałam wstać, ale zesztywniałam od czasu spędzonego na kolanach, a hamulce łańcucha w kostkach uniemożliwiały mi to.

Bez względu na to, jak bardzo się starał, zawsze padał na kolana lub przewracał się w jedną lub drugą stronę.

„Och, kurwa!" krzyknęła i po wyrazie jej twarzy i tonie głosu poznałem, że jest wściekła.

Nagle zdawało się, że podskoczył i chwycił pierścionek z przodu mojej szyi.

Cholera, to boli, powiedziałem sobie, wstając gwałtownie i na ławkę, kopiąc przy tym kostki.

Kiedy jęknąłem, powiedziała tylko:

„Przyzwyczaj się, chłopcze! Dzisiejsza noc będzie gorsza".

Po rzuceniu mnie na ławkę przywiązał mnie sznurem od kolczyka na szyi do oczka u dołu ławki, tak że od głowy do ramion byłem pochylony nad ławką.

Kątem prawego oka widziałem, że Moja Pani bierze skórzany pasek, który wisiał na ścianie wraz z wieloma innymi paskami.

Miał może trzy cale szerokości i niezbyt gruby, więc byłem wdzięczny, że to nie lina fryzjerska wciąż wisiała na ścianie.

Klaps... klaps... klaps.

Zarzuciła pasek na moje pośladki na chwilę, która wydawała się wiecznością.

Kiedy próbowałem się poruszyć, żeby wyrwać się z więzów, trzymała mnie skutymi nadgarstkami i uniosła moje ramiona, aby powstrzymać mój ruch.

W końcu skończył i jego dłoń pieściła moje pośladki, pochylił się i polizał moje ramię.

„Zawsze musisz być mi posłuszny, Peter. Rozumiesz?"

Wymamrotałem „Tak AMA" do mojego knebla, gdy podszedł do torby sportowej na podłodze.

Następnie przeglądając go i zastanawiając się, czego szuka, wyciągnął skórzany pasek, na którym znajdował się czarny dild.

Patrzyłem, jak szybko trzymała go wokół talii i między nogami, aż poczuł się bezpiecznie i we właściwym miejscu.

Potem powoli chodziła tam i z powrotem, upewniając się, że widzę, co się wydarzy, i stanęła przede mną.

Podnosząc moją głowę za włosy, poprowadził wibrator do mojego knebla.

„Niewolniku, wybrałem najmniejsze wibrator, którym mam cię przelecieć. Mam nadzieję, że docenisz mój gest. TERAZ possij go, żeby był zagruntowany i mokry. Użyję też lubrykantu, abyś mógł cieszyć się tą chwilą , nasz pierwszy razem.”

Kiedy powoli wkładała wibrator do otworu kneblowego, próbowałem powstrzymać go językiem najlepiej jak potrafiłem, a następnie krążyłem po nim, aby go zwilżyć.

Ssanie go nie wchodziło w grę, ale wiedział, że w przyszłości będzie to wymagane; może nawet dziś wieczorem.

Następnie pani wyjęła mi swoją zabawkę z ust i wstała, rozpięła łańcuszek na moich kostkach i rozłożyła moje nogi, aż pomyślałam, że pęknę na pół.

Potem poczułam, jak jego dłonie w rękawiczkach odpinają pasek biegnący między moimi nogami.

Rozsunęła moje pośladki, powoli wkraczając na moje niezbadane terytorium.

„O tak”, krzyczał wielokrotnie, wpychając się we mnie, a potem zaczął mnie pieprzyć na serio, trzymając jedną rękę na każdym z moich bioder.

Wcześniej nie zwracałem na to uwagi, ale teraz zdałem sobie sprawę, że mój kutas był twardy i ocierał się o ławkę, podczas gdy kochanek mnie pieprzył.

Ona również zauważyła mój wzrost i jedna ręka powędrowała do mojego fiuta, mocno go ściskając.

„Och, ty mała zabawko. To nas wszystkich dzisiaj zadowoli, ale pamiętaj, jeśli się dojdziesz, będziesz musiał to zlizać. Och, tak, mała suko, kurwa, och, jak dobrze".

Potem, po kilku minutach, wysunął się ze mnie i trzymał moje ramiona, opierając głowę na moich plecach.

Jej oddech był bardzo szybki i wiedział, że jest szczęśliwa.

„Jesteś mój, Peter, cały mój, nigdy mnie nie opuszczaj. Całe życie cię szukałem".

Kiedy mnie rozwiązała, uklęknąłem przed nią i patrzyłem, jak się rozpina i wyjmuje wszystko, co przyniosłem jako niewolnik.

Kiedy byłem już zupełnie nagi, przyjąłem pozycję niewolnika i patrzyłem, jak podchodzi do kolejnej szafki i wyjmuje czarną aksamitną torbę.

Wróciła i stanęła przede mną.

„Peter, w tej torbie znajdziesz wszystko, co musisz dziś wieczorem ubrać. Od chwili wyjścia z domu nie możesz nosić niczego innego, a Twój samochód zostanie przeszukany, aby upewnić się, że jesteś posłuszny. Może Cię również śledzić jeden z moich znajomych . Twój dom na imprezę, ale nigdy się nie dowiesz, więc musisz być uprzedzony.Nie otwieraj torby przed 17:00, a do garażu musisz wejść dokładnie o 18:00. Patrz przed siebie i czekaj tam, aż ktoś po ciebie przyjdzie. Teraz ubierzesz się, wrócisz do domu, odpoczniesz, zjesz lekki posiłek i oczyścisz ciało od środka przed ubraniem się na imprezę.No i jeszcze jedno, ogolisz nie tylko twarz, ale i resztę ciała Dozwolone są tylko włosy na czubku głowy, brwi i rzęsy. Rozumiesz, czego się od ciebie wymaga, mój niewolniku, czy mam się powtarzać?

– Rozumiem panią Lucy.

„W porządku, Peter. A teraz wstań".

Posłuchałem i nagle znalazła się blisko mnie.

Poczułam na piersi te fantastyczne piersi; Jego ciepło było czarujące, a jego gest zupełnie nieoczekiwany.

Delikatnie położył rękę za moją głową i zbliżył ją do swojej, aż nasze usta się spotkały, a potem rozłączyły się, gdy nasze języki walczyły i staliśmy w swoich ramionach, gdy nasze ciała próbowały stać się jednym.

Kiedy odchodziła, zauważyła, że mój kutas jest na baczność, i uśmiechnęła się.

„Och, Peter, jeszcze jedno. Nigdy nie baw się sobą bez pozwolenia! A teraz idź się przygotować na imprezę".

ROZDZIAŁ III

Ponownie spojrzałem na zegarek, chyba po raz milionowy w ciągu ostatniej godziny, i w końcu doszedłem do wniosku, że już prawie czas otworzyć torbę.

Wszystko zostało zrobione zgodnie z poleceniem Lucy.

Od jego domu do mojego było zaledwie pięć mil jazdy, co było zaskakujące, ponieważ nigdy wcześniej się nie spotkaliśmy.

To było nasze pierwsze spotkanie w prawdziwym życiu, które zaszło znacznie dalej, niż się spodziewałem. Wiedziałem, że się w niej zakochałem i że pozwoli mi zrobić z nią, co tylko zechcę.

Boże, byłam napalona , ale siedziałam i starałam się wykonać jego polecenie, aby nie bawić się ze mną bez jego pozwolenia.

Zwykle po poranku, który właśnie spędziłem, moja prawa ręka bawiłaby się wszystkim, ale teraz to nie miało miejsca.

Tam w końcu była piąta po południu i odwiązałem sznurek u góry czarnej aksamitnej torby, którą dała mi pani.

Moje serce biło dwukrotnie w oczekiwaniu na to, co muszę znaleźć, więc zamknąłem oczy, sięgając do torby.

Poczułam chłód metalu i ciepło skóry i gumy, gdy moja ręka chwyciła wszystko w torbie i rzuciła na łóżko.

Na łóżku leżało wszystko, co miałem założyć tej nocy, czyli kołnierz, mała uprząż i tubka lubrykantu z zatyczką do tyłka.

Dzięki Bogu, że był mały, pomyślałem, kiedy go zobaczyłem.

Natychmiast zacząłem się ubierać, biorąc najpierw naszyjnik i ustalając, jak moim zdaniem powinien być noszony.

Był podobny do tego, który miałem wcześniej tego dnia, z tą różnicą, że miał tylko dwa cale wzrostu i miał przymocowane trzy D-ringi: jeden z przodu i jeden z każdej strony.

Miała przyczepioną otwartą kłódkę i wiedząc jak to działa, od razu ją założyłem i zapiąłem najmocniej jak mogłem, żeby się nie udusić, a potem zawiązałem i zamknąłem kłódkę patrząc w lustro, żeby nie popełnić żadnego błędu .

Potem przyjrzałem się uprzęży w różnych pozycjach i w końcu doszedłem do wniosku.

Trzymałbym zarówno zatyczkę analną na swoim miejscu, jak i moje braki, ponieważ ten cholerny mały pierścień na penisa znów tam był.

Stanąłem przed pełnym lustrem w swoim pokoju i zauważyłem, że odkąd ogoliłem wszystkie włosy łonowe, mój kutas był dwa razy większy, nawet gdy wisiał bezwładnie.

Uśmiechnąłem się i miałem nadzieję, że Moja Pani też będzie szczęśliwa, kiedy mnie znowu zobaczy.

Uprząż była podobna do uprzęży, którą miał na sobie wcześniej tego dnia.

Miał być noszony na poziomie bioder i miał dwa składane paski po każdej stronie, które łączyły się z metalowym pierścieniem z przodu i z tyłu.

Mocno zapiąłem te paski, a następnie przeszedłem do najtrudniejszej części, przepychając najpierw jądra, a potem kutasa przez ten cholerny pierścionek, który, jak wiedziałem, Lucy umieściła za mały.

Kiedy przeszedłem przez ring, ponownie spojrzałem w lustro i pomyślałem, jak dobrze to wyglądało.

To powinien być hit imprezy.

Kolana zaczęły mi się lekko trząść, gdy pomyślałem o tym, co muszę zrobić dalej, ponieważ będzie to mój pierwszy raz, kiedy użyję zatyczki analnej.

Wziąłem lubrykant i nałożyłem go na koniec w takiej ilości, że natychmiast wmasowałem go w dziurkę w tyłku i jego początkowy otwór.

Następnie nałożyłem na korek tyle lubrykantu, ile mogłem, rozłożyłem nogi, przykucnąłem trochę i powoli nałożyłem go na tyłek.

Korek miał płaską podstawę, która uniemożliwiała mi całkowite zassanie i wyciekanie wokół niego nadmiaru lubrykantu.

Poszło łatwiej, niż myślałem, więc wziąłem chusteczkę i wytarłem nadmiar lubrykantu, po czym zdjąłem pasek uprzęży z pierścienia na penisa między moimi nogami i zapiąłem go do tylnego pierścienia.

Uprząż miała kieszeń na zatyczkę, ale ponieważ zauważyłem to za późno, po prostu zostawiłem ją owiniętą wokół zatyczki i miałem nadzieję, że utrzyma ją w tyłku, gdy wszystko będzie szczelne.

Sprawdziłem godzinę i zdałem sobie sprawę, że już czas jechać i wtedy zdałem sobie sprawę, że będę jechał prawie nago, i powiedziałem sobie, żebym nie łamał żadnych przepisów ruchu drogowego, bo inaczej będę musiał się tłumaczyć.

Miałem nadzieję, że nikt mnie nie wyprzedzi ani nie zatrzyma się obok.

Mój garaż miał bezpośrednie wejście z domu, a dzięki automatycznemu otwieraniu bramy garażowej czułem się komfortowo, że moi sąsiedzi nie zauważą niczego niezwykłego.

Dzięki Bogu za przyciemnione szyby.

Położyłem ręcznik na siedzeniu kierowcy, a mój portfel i prawo jazdy były już w schowku, gdy przeglądałem w myślach listę kontrolną.

Szkoda, że nie było zimy i nie było ciemno, ale był gorący letni dzień i ciemność nie nadeszła jeszcze przez 3 godziny.

Następnie wyszedłem z domu po upewnieniu się, że garaż jest zamknięty.

Co ja do cholery robię, minęły zaledwie godziny od naszego pierwszego spotkania, pomyślałam, jadąc powoli w stronę jego domu, obserwując ruch uliczny i czując, jak się we mnie łączy.

Ciągle sprawdzałem w lusterku wstecznym, czy nie ma policji i innych osób, które mnie śledzą.

W zasięgu wzroku nie było policji, ale wydawało mi się, że w oddali podążał za mną mały czarny samochód sportowy, ale nie byłem tego do końca pewien.

Och, zrobiłem to!

Nie nakrzyczałem na nikogo, ale prawie, gdy wjechałem na podjazd i pojechałem do garażu.

Kiedy wjechałem do garażu, zorientowałem się, że jestem prawie pięć minut za wcześnie i nie wiedząc, co robić, po prostu zatrzymałem się tam, gdzie powinienem i wyłączyłem silnik.

Siedziałam tam myśląc i przekonując samą siebie, że wszystko jest w porządku.

Zdjąłem zegarek i położyłem go na siedzeniu obok.

Drzwi do garażu zamknęły się za mną, a moje serce zaczęło bić szybciej wraz ze stwardnieniem penisa.

Potem usiadłem w cieple dłoni na udach, czekając przez coś, co wydawało się wiecznością.

Usłyszałem, jak otwierają się drzwi do domu i patrząc na zegar na siedzeniu, zobaczyłem, że było pięć minut po pełnej godzinie.

To musiało być podekscytowanie, bo odwróciłem się i zobaczyłem kobietę przechodzącą przez drzwi i zmierzającą w moją stronę.

Była wielkości Amazonki, ale nie była gruba, była po prostu duża, mniej więcej mojego wzrostu, pomyślałem, bardzo atrakcyjna, jej brązowe włosy były związane w stos na czubku głowy jak zagubiony, puszysty kucyk.

A ta dziwka miała największy zestaw cycków, jaki kiedykolwiek widziałem.

Poczekaj chwilę, pomyślałem.

Widziałem ją już wcześniej.

Pracuje w sklepie z alkoholem.

Patrzyłem, jak podchodzi do drzwi i odruchowo je otworzyłem, aby się z nią przywitać.

„Wyjmij swoją pieprzoną rękę z drzwi i spójrz prosto przed siebie. Jesteś niewolnikiem! Usiądź i posłuchaj". Zamówiła.

Natychmiast odsunęłam rękę od drzwi i usiadłam, próbując przeanalizować, co się właśnie stało.

Ona musi być Panią.

Trzeba jej słuchać, pomyślałem.

Drzwi otworzyły się całkowicie, a ja, nie poruszając głową, spojrzałem w lewo i zobaczyłem piękny zestaw ud.

Jej nieogolona cipka była przykryta czerwoną tkaniną wielkości jednej czwartej chusteczki do twarzy i zwisała z jej bioder na cienkiej złotej linie.

Na szyi nosiła skórzaną obrożę o wysokości niespełna cala, na której złotymi literami widniał napis „Niewolnik".

„Podoba ci się to, co widzisz w tyłku? Mówiłem ci, żebyś patrzył prosto przed siebie".

„Tak, proszę pani. Przykro mi, proszę pani". Odpowiedziałem.

Uderzenie...

Prawą ręką przykuła mnie kajdankami do boku głowy.

„Nie jestem kochanką, ale musisz być mi posłuszny, dopóki nie spełnię swoich obowiązków. Możesz zwracać się do mnie jako Cindy lub niewolnica Cindy. Rozumiesz?" zapytała.

„Tak, niewolnica Cindy. Rozumiem cię, suko!"

„Och, niewolnik oszalał" – zachichotał i dodał – „prędko nie będziesz się śmiał, chłopcze. Służyłeś już na przyjęciu?"

„Nie, to mój pierwszy dzień z Lucy". Odpowiedziałem

Klaps...tym razem jego dłoń wylądowała na moich ustach.

„To było nic w porównaniu z tym, co miało nadejść. Będziesz nazywać się panią Lucy tylko, jeśli nie będziesz przebywać w miejscach publicznych. Rozumiesz?"

„Tak, niewolnica Cindy". Odpowiedziałem i pokiwałem głową na znak, że to zrobiłem.

Następnie chwycił pierścień D po lewej stronie mojej szyi i pokazał swoją siłę, szybko i brutalnie wyciągając mnie z samochodu i trzymając pierścień na wysokości pasa, gdy zamykał drzwi.

Zapomniałem o zatyczce w tyłku, która zaczynała mnie trochę boleć, i jęknąłem, żeby to zasygnalizować, co tylko sprawiło, że Cindy potrząsnęła szyją, chcąc mi powiedzieć, żebym przestał.

Kiedy się o nią ocierałem, poczułem jej miękkość, poczułem jej zapach i przez sekundę myślałem, żeby na nią skoczyć, ale szarpnięcie za szyję wyrzuciło mnie z tych myśli.

Z tyłu garażu znajdowały się drzwi, które otworzył i przeprowadził mnie przez nie.

Weszliśmy do czegoś, co wyglądało na pomieszczenie gospodarcze, w którym po jednej stronie znajdowały się kosiarki do trawy i tym podobne, a po drugiej domowa siłownia.

Było tam okno wychodzące na bardzo duży, piękny i prywatny ogród, który, jak wkrótce odkryłem, rozciągał się na cały tył domu i posiadłości.

Było bardzo prywatne i wychodziło na jezioro z ich patio, które znajdowało się około trzydziestu stóp nad brzegiem.

W oddali nie byłoby sąsiada, który mógłby cokolwiek usłyszeć.

„Pochyl się i połóż ręce na ławce" – rozkazał, a potem rozkazał ponownie: „rozstaw nogi na trzy stopy".

Do obroży przyczepiono krótki łańcuszek z haczykiem zabezpieczającym, który przypominał, aby się nie ruszać.

Następnie Cindy rozsunęła moje nogi jeszcze bardziej i rozpięła tył uprzęży, aby zapewnić sobie dostęp do zatyczki analnej.

„Widziałem cię w sklepie monopolowym w centrum handlowym" – powiedziałem mu.

Klaps... klaps... klaps.

Cindy położyła mocno rękę na moim tyłku.

„Dupku, nasze życie prywatne jest naszym życiem prywatnym i nigdy nie powinno być omawiane na żadnym twoim spotkaniu z jakimkolwiek Kochankiem ani na żadnym spotkaniu Grupy Przyjemności Bólu. Rozumiesz to, Peter?"

„Tak, Cindy, rozumiem. Czy to dzisiejsza grupa, Pleasure of Pain?"

„Tak to się nazywa, przyjemność bólu i nigdy nie powinieneś o tym pamiętać ani wspominać o tym w swoim życiu prywatnym".

Nagle... „Agggggggggggg" – jęknęłam, gdy bez ostrzeżenia wyciągnął zatyczkę.

„Wy, nowicjusze, nigdy nie robicie tego dobrze" – powiedział, trzymając czapkę przed moją twarzą. „To powinno najpierw wejść do torebki uprzęży, a potem do jej odbytu. O tak".

„Agggggggg"... cholera... ona go staranowała celowo, pomyślałem.

Po ponownym zapięciu uprzęży, tak brutalnie, jak to możliwe, niewolnica Cindy wypuściła łańcuszek z mojej obroży i podniosła mnie do góry.

Patrząc na zegarek, powiedział:

„Przez twoją głupotę kończy nam się czas. Chwyć dwa dwudziestofuntowe hantle i rób pompki, dopóki nie powiem ci, żebyś przestał".

„Ech" – odpowiedziałem, bo w ogóle tego nie zrozumiałem.

„Ty głupi dupku, czy mam zrobić wszystko za ciebie?"

Następnie podszedł do stojaka, który znajdował się pod oknem, wyciągnął dwa dwudziestofuntowe ciężarki niczym piórka i zrobił mi kilka pompek.

Poczułem, jak moja twarz robi się czerwona od głupoty moich komentarzy.

Kiedy podał mi ciężarki, od razu zacząłem robić zamówione pompki, ale zastanawiałem się, po co to robię.

„Dlaczego, do cholery, podnoszę ciężary? Myślałem, że jestem tu na imprezie?" Powiedziałem do Cindy, gdy odchodziła od miejsca, w którym stałem.

Jaki ona ma piękny tyłek.

Może i jest trochę pulchna, ale założę się, że jest fantastycznie pulchna, pomyślałem.

Zatrzymał się, odwrócił w moją stronę i powiedział:

„Jesteś głupi czy co? Twoja pani chce dziś wieczorem przedstawić swojego nowego niewolnika i oczekuje, że jej niewolnik będzie miał idealnie umięśnione ciało. Lepiej daj dziś wieczorem dobre przedstawienie, Peter, bo inaczej nie otrzymasz pełnego członkostwa w Grupie . Zrozumiano? I przestań na mnie patrzeć! Ja też jestem niewolnicą pani Lucy.

Cholera, kolejna uległa suka, pomyślałem.

Kiedy kontynuowałem pracę nad swoim ciałem, próbując przywrócić do życia mięśnie brzucha i klatki piersiowej, Cindy wyjęła z szafy dużą niebieską plandekę i umieściła ją na środku pokoju, na podłodze, tuż przed garażem. drzwi. na podwórko.

Zajął się umieszczaniem dwóch butelek przed plandeką, następnie toną liny po obu stronach, a następnie z drugiej strony pokoju podniósł z podłogi coś, co wyglądało jak duży kawałek drewna i położył go na ziemi

.

Tył płótna.

Widziałem, że nie był lekki, bo na początku miałem z nim trochę problemów, ale udowodnił, jaki jest silny, z łatwością go podnosząc, gdy już przejął kontrolę.

Boże, on mnie oszukuje, pomyślałem.

Całkowicie chętna piękna kobieta o niesamowitej sile.

Zacząłem zwalniać trening zarówno z powodu braku treningu, jak i skupienia się na drewnie, które Cindy położyła na macie.

Nie była szorstka, ale wyglądała, jakby została przeszlifowana i wykończona lakierem.

Jedyną rzeczą zakłócającą gładkość elementu, który wyglądał, jakby miał cztery cale na cztery cale i około sześciu stóp długości, była duża śruba pośrodku jednej powierzchni.

Kiedy Cindy miała już wszystko na swoim miejscu, podeszła do mnie i obserwowała, jak zmagam się z ciężarami, które wydawały się już ważyć około dziesięć razy więcej niż wtedy, gdy zaczynałem ćwiczyć.

Roześmiała się i delikatnie przesunęła dłonią po mojej klatce piersiowej i brzuchu.

„Mmmm... w porządku, dzieciaku. Jesteś gotowy, żeby przestać?"

„Och, proszę, tak, nie mogę już tego dłużej robić. Mam wrażenie, że moje ramiona zaraz mają spaść , a bicepsy płoną" – odpowiedziałam.

„Ha ha ha... Ok, przestań! Odłóż ciężarki i stań na środku maty twarzą do drzwi. TERAZ!"

Delikatnie odłożyłem ciężary i wskoczyłem na środek maty.

Stojąc tam, widziałem ogrody, ponieważ drzwi miały 2 małe okna.

Cholera, widzę nawet Maine po drugiej stronie jeziora.

Na zewnątrz wyglądało na gorący, piękny dzień, ale ten pokój był klimatyzowany i zapobiegał poceniu się.

„Rozłóż ramiona, dziwko, i rozłóż nogi! Utrzymaj tę pozycję i nie ruszaj się!"

„Czy musisz mnie obrażać, Cindy? Nie możesz po prostu mówić do mnie Peter?"

„Po prostu przygotowuję cię mentalnie do bycia imprezowiczem i naprawdę nie podoba mi się, że ktoś próbuje ukraść moją Panią" – odpowiedziała, sięgając po jedną z butelek.

Och, ona jest zazdrosna!

Podszedł do mnie od tyłu i zaczął wcierać zawartość butelki w moje plecy.

Chryste, pachnie jak piña colada, powiedziałam sobie, gdy te miękkie dłonie nadal masowały moje plecy.

Potem znaleźli moje pośladki, a ona uszczypnęła je ze śmiechem.

Następnie kontynuowała opuszczanie moich nóg aż do samego końca.

„Jeśli się zastanawiasz, niewolnico, nasza pani pomyślała, że zrobiłbyś świetne wrażenie na innych, gdybyś był cały naoliwiony, a ja właśnie to teraz na siebie nakładam i to miły przedsmak lata, prawda myślisz? Mmm... twoja skóra jest ładna, miękka i gładka. To im się spodoba... mmmmm"

Następnie całkowicie pokrył olejem moje wyciągnięte ramiona aż po czubki palców.

Po natarciu nim boków klatki piersiowej, butelka została opróżniona i wzięła drugą.

Tym razem delikatnie potarła moje świeżo umięśnione mięśnie klatki piersiowej i widziałem wyraz jej oczu i wiedziałem, że mnie pragnie.

Wskakując na mojego kutasa i jądra, skończyła moje nogi, a następnie uklękła i mocno chwyciła mojego kutasa, ściskając go, aż jęknąłem.

Potem zobaczyłem jej usta na moim członku, gdy lekko ssała jego czubek.

To był normalny ruch napalonego mężczyzny, gdy położyłem dłoń z tyłu jej głowy, gdy mój kutas stwardniał i włożyłem go do jej ust.

Jej reakcja była szybka, gdy ugryzła mojego członka i uderzyła mnie prawą ręką.

Pamiętam tylko, że krzyczałem tak głośno, jak tylko mogłem: O cholera! kilka razy, po czym słychać dźwięk telefonu.

Podczas gdy ja pozostawałem przykucnięty na swoich prywatnych rękach, Cindy odebrała telefon.

„Tak, proszę pani, przepraszam, proszę pani. Próbował mi uprawiać seks oralny, kiedy go smarowałam oliwą. Tak, proszę pani, powiem tak, zrobimy to. Tak, proszę pani." tak usłyszałem przez telefon.

„No cóż, Piotrze, Panie nie są zadowolone z całego hałasu, jaki narobiłeś, w rezultacie otrzymasz siedemdziesiąt pięć batów zamiast sześćdziesięciu, na które zasługiwałeś poprzedniego dnia. A najlepsze jest to, że dam piętnaście te do twojego występu od teraz, więc krzycz jeszcze raz, jeśli chcesz. Kiedy wyjdziemy z tego pokoju na imprezę, Pani chce, żebyś był kurwa twardy jak pieprzony stalowy pręt i chce, żebyś walczył, gdy się zbliżymy. Rozumiesz? niewolnik?

„Tak, rozumiem" – wypaliłem, patrząc na mojego obolałego kutasa i jądra.

Pospiesz się.

Wstawać.

Hartować.

Próbowałem go wyprostować, ale nie odnosiłem większego sukcesu.

Cindy uklękła przede mną i delikatnie przesunęła swoimi miękkimi, tłustymi dłońmi po moim kutasie i jądrach przez jakąś minutę lub dwie.

Samo patrzenie na nią smarującą mnie całą i pieszczoty mojego członka przywróciło tam życie.

Wydawało się, że poczuła ulgę, gdy skończyła oliwić moje ciało i odłożyła butelkę.

„Na kolana, chłopcze! Szybko, jesteśmy prawie spóźnieni!"

Kiedy to zrobiłem, ona poszła za mną i na tym kawałku drewna zaczęła wiązać kawałki liny w różnych miejscach, tak że z obu końców każdej liny w każdym miejscu zwisało około stopy liny, z czego naliczyłem osiem Obejrzałem się przez ramię, żeby zobaczyć, co się dzieje.

Następnie podnosząc drewno, stękając pod ciężarem, podniósł je do poziomu mojego ramienia.

To było jarzmo! Miał być traktowany jak kawałek mięsa.

„Przechyl głowę jak mały niewolnik i wyciągnij ramiona w moją stronę. To może wydawać się ciężkie, więc bądź przygotowany".

Zrobiłem to i natychmiast stwierdziłem, że ciężarek jest tak niewygodny i tak niestabilny, że element przewrócił się, a lewy koniec spoczął na podłodze.

– Och, na litość boską, Peter! Jesteś słaby czy co? Jesteś pieprzonym kretynem, prawda?

Szybko zawiązał linę wokół moich ramion, zaczynając od liny najbliżej tułowia po prawej stronie, aż wszystkie 4 były ciasno wokół mojego ramienia.

Spróbowałem obrócić ramię, żeby je uwolnić, ale jedyny dostępny ruch wykonywałem ręką.

„A teraz bądź ostrożny, chłopcze, za każdym razem, gdy odchylisz głowę do tyłu, ponieważ bezpośrednio za twoją głową znajduje się śruba w drewnie. A teraz rozłóż kolana, żebym mógł to zrównoważyć!"

Gdy posłuchałem, podszedł do lewej strony i trzymając pod nim drewno i ramię, wyciągnął je i położył na moich ramionach.

Następnie przywiązał linę trzymającą moje ramiona w 4 różnych podobnych sekcjach po prawej stronie.

O cholera, to boli, pomyślałem, czując cały ciężar tego, a także zatyczkę, która wróciła do życia i najwyraźniej rozdzierała mi wnętrzności.

Jęczałam i jęczałam trochę, co zdawało się zachwycać Amazonkę.

„OK, zobaczmy, czy mogę pomóc ci wstać samodzielnie, zamiast korzystać z podnośnika". Powiedział, gdy zaczął mnie sadzać, a ja poszłam za jego przykładem, układając kolana i wstając.

Ignorując ból zarówno wewnątrz, jak i na sobie, wstałam.

Haha , kto jest teraz tym słabym, suko?

Cindy ponownie podniosła butelkę z olejkiem i przycisnęła się do mnie, tak że mogłem poczuć jej ogromne piersi na swoim ciele i wkrótce mój kutas zaczął szukać jakiejkolwiek jej części.

„Odwieziesz mnie później do domu, Peter? Musisz mnie zabrać i sprawię, że będzie warto".

Czy ona to miała na myśli, czy pogrywa ze mną?

Nie miało to znaczenia, ponieważ wywołało pożądany efekt: uczynił mnie twardym i wyprostowanym do tego stopnia, że wiedziałem, że to najcięższa erekcja, jaką miałem przez cały dzień.

Następnie delikatnie dotknął całego mojego ciała, żeby upewnić się, że wszystko jest na swoim miejscu.

Po spuszczeniu się na mojego kutasa Cindy jęknęła na widok tego, co zobaczyła.

Następnie odłożył butelkę i poszedł szukać liny.

Miał dwie pętle zwiniętej liny, które umieścił po obu stronach mnie.

To nie było jak gruba nylonowa lina, która utrzymywała moje ramiona w miejscu, ale mniejsza jak lina do bielizny.

Dwukrotnie, z całej siły, przywiązał koniec każdej zwiniętej liny do jednego z moich kciuków, zaciskając węzły, aż jęczałam za każdym razem, gdy to robił.

Rozwinął każdy odcinek liny i trzymał je jak wodze.

„Teraz, kiedy wezwą nas na imprezę, przyciągnę cię do nich i chcę, żebyś walczyła dla Pań, ale nie na tyle mocno, abyś upadła. Chcemy, żebyś walczyła, żeby wszyscy byli podekscytowani. Rozumiesz? Peter? O cholera, prawie zapomniałem.

„Tak, Cindy, rozumiem. Jestem dzikim zwierzęciem na smyczy". Odpowiedziałem, patrząc, jak biegnie w stronę szafki, z której wyciągnęła kawałek łańcucha i, kurwa, stalowe kajdanki.

Biegnąc w moją stronę, przeciągnęła gumkę przytrzymującą klucz do bransoletki przez prawy nadgarstek.

„Szybki Peter, weź się w garść!" Zamówiła i wiedziałam, że przedstawienie się wkrótce zacznie.

Przykucnął i założył kajdanki na każdą kostkę, blokując je na swoim miejscu.

Kliknięcie każdego zamka wydawało się głośne jak krzyk.

Kiedy uklękła przede mną, włożyła mojego kutasa do ust i ssała mocno przez kilka sekund, które, chciałem, żeby trwało wiecznie.

„To miało cię bardziej rozweselić" – powiedziała, dotykając mojego ciała olejkiem, który wzięła do ust.

Gdy wstał, drzwi garażu się otworzyły i w nasze ciała uderzył podmuch gorącego powietrza.

Cindy poprawiła kawałek czerwonego materiału, który bez większego powodzenia próbował zakryć jej cipkę i upewniła się, że jej naszyjnik jest prawidłowo ułożony.

– Gotowy, Piotrze?

– Zróbmy to, cholerna suko! Odpowiedziałem.

Spojrzał na mnie gniewnie, a potem podniósł dwie liny przywiązane do moich kciuków, zacisnął je i wyciągnął mnie, walcząc, w popołudniowe słońce.

ROZDZIAŁ IV

„Cholera... Przestań ciągnąć tak cholernie szybko" – szepnąłem do Cindy.

Potem moje wodze rozluźniły się i zauważyłem, że Cindy zatrzymała się, skręcając w lewo w stronę Fiesty, i patrzyła na trzech zbliżających się samców, każdy ze zwojem liny lub skórzanymi paskami.

Byli nadzy, z wyjątkiem małej skórzanej przepaski na biodrach, która zakrywała ich intymne części.

Cała trójka była mniej więcej mojego wzrostu i wieku i każdy nosił także naszyjnik identyczny z tym, który ja nosiłem.

„Wyciągniemy go stąd, niewolnica Cindy. Musisz natychmiast zgłosić się do niewolnika Kena" – powiedział jeden z nich.

„Nie, jeszcze nie jest na to gotowy. Peter, nie wiedziałem! Uciekaj! Wynoś się stąd! Teraz!" Cindy błagała mnie.

Zacząłem się odwracać, żeby odejść, ale dwóch niewolników już mnie dogoniło i chwyciło linę przyczepioną do moich kciuków.

Chociaż z łańcuchem utkniętym w nogach i tak nie udałoby mi się przejść pięciu kroków.

W oddali zauważyłem grupę kobiet uważnie obserwujących sytuację, w której się znalazłem, a na czele grupy stała Pani Lucy.

Potem zdałem sobie sprawę, że Cindy szła, nie, uciekała ze spuszczoną głową i myślę, że płakała.

W co się wpakowałem?

Jakim jestem idiotą.

Potem moja sytuacja i ci, którzy mnie trzymali, przywrócili mnie do rzeczywistości.

„Witam, niewolniku Piotrze, jestem niewolnikiem Jamesem, a ci dwaj panowie to niewolnicy Bob i Frank. Proszę, nie rób nam problemu, Peter, a wtedy nie będzie problemu dla ciebie".

„Dlaczego się nie odpierdolisz? Zostaw mnie w spokoju! Żadna sprawa nie została omówiona z panią Lucy, więc wynoszę się stąd" – krzyknęłam do tego, który miał na imię James.

„Trzymajcie go mocno" – powiedział James do pozostałych, nawet nie patrząc na mnie.

Następnie chwyciła trzonek mojego penisa, który wcale nie był w erekcji, pociągnęła go mocno i wsunęła węzeł małej liny, który zacisnął się tuż za głową.

Potem pociągnął linę tak mocno, że wydałem z siebie długi, głośny krzyk.

„To cię boli, draniu, zdejmij to, zdejmij to!" Krzyczałem i walczyłem z całych sił.

Kiedy to zrobiłem, rozejrzałem się po trawniku i zauważyłem kobiety, które przyglądały się, jak piją kieliszek wina.

Wydawało się, że byli tam inni nadzy niewolnicy, prawdopodobnie jako służący, i oni też wszystko obserwowali.

„Z tego, co wiesz, to pani Łucja zarządziła tę sytuację. Powinieneś być dumny, ponieważ nigdy nie zdarzyło się to pierwszego dnia i jeśli ją przewyższysz, zostanie członkiem Group Elite ze wszystkimi prawami. Teraz ty będzie zabawiać, a ty sprawisz przyjemność innym, walcząc. Potraktuj nas jak swoich braci niewolników, którzy są tutaj, aby po prostu ci pomóc tej nocy, ha ha. I naprawdę nam przykro z powodu tego, co się wydarzy. OK, chłopaki, zdejmijcie linę ze swoich kciuki i załóż paski na kołnierz. Muszę przyjąć nowicjusza i jeśli nie chce stracić końca kutasa, będzie się zachowywał.

O Boże, co ja zrobiłem?

Co mi zrobisz?

Spojrzałem na każdego z moich porywaczy, mając nadzieję, że poczują się przez to jak gówno, ale jedyne, co zrobiłem, to ich rozzłościli, a oni pociągnęli za paski, które każdy z nich miał na mnie.

Cała trójka spojrzała na siebie, skinęła głową i zwróciła się do Pani, klękając na jedno kolano, z opuszczonymi głowami, każda prawą ręką trzymając smycz w powietrzu.

Spojrzałem na moich trzech porywaczy i zastanawiałem się, co się do cholery dzieje.

James stał przede mną, trzymając pasek obroży, Bob był po mojej lewej stronie, a Frank po mojej prawej, każdy trzymał paski kołnierza.

Około trzydziestu stóp w linii prostej, pod dużą markizą chroniącą je przed gorącym słońcem, Panie ustawiły rząd krzeseł, z których dwa z przodu zajmowały pani Lucy i inna Afroamerykanka.

Wszystkie panie miały na sobie podobną prostą małą czarną sukienkę ze złotymi dodatkami i czarne buty.

Kobieta obok Lucy wstała, odwróciła się i wskazała na klęczącego niewolnika, dając jej znak, aby podeszła bliżej.

Wysoka, dobrze opalona i naoliwiona niewolnica z długimi, prostymi, czarnymi włosami wstała i stanęła z pochyloną głową przed panią Lucy i czarną damą.

Każda z pań podała mu jakiś przedmiot, który trzymał w każdej ręce, po czym odwróciła się i poszła w naszą stronę.

O Boże, ona też jest piękna, pomyślałam i porównując ją do Cindy, zauważyłam, że była tego samego wzrostu, ale w znacznie lepszej kondycji, co podkreślała jej opalona, natłuszczona skóra.

Wtedy ją rozpoznałem.

Była radcą prawnym lokalnego plemienia Indian Pierwszego Narodu i sama była rdzenną Amerykanką.

Rozglądając się, zdałem sobie sprawę, że tylko ta kobieta, kilku klęczących niewolników i ja byliśmy natłuszczeni.

Żaden z moich porywaczy nim nie był.

„O cholera, kurwa kolego. Tu Angela. Utnie ci jaja, jeśli będziesz się jej spierał" – powiedział Bob.

„Przykro mi, Peter, ale lepiej, że to będziesz ty niż my" – powiedział James, a Frank również się zgodził.

Spojrzałam na zbliżającą się do nas kobietę z pewnością siebie i uśmiechem na twarzy.

Miała też na sobie kawałek czerwonego materiału, który próbował zakryć krocze, ale niczego nie zakrywał, i złoty łańcuszek, który trzymał go wokół jej bioder i nic więcej, żadnych butów ani kolczyków, a także nosiła dużo makijażu, jak Cindy.

Zauważyłem, że w prawej ręce trzymał brązowy bicz, a w lewej coś, czego nie widziałem.

Kiedy się zbliżyła, zacząłem się wycofywać, a potem zacząłem walczyć z przymocowanymi paskami, co spowodowało, że moi trzej porywacze wstali i przytrzymali mnie w miejscu, ciągnąc mnie z powrotem.

„Puśćcie te cholerne liny, dranie. Puśćcie mnie! Wypuśćcie mnie! Na litość boską, chłopaki, teraz mnie wypuścicie".

Krzyknąłem to najgłośniej jak mogłem i zdałem sobie sprawę, że Angela biegnie teraz w naszą stronę, a czarne włosy tańczą za nią i prawie już nas doganiają.

Gorące słońce zdawało się oślepiać jego naoliwioną skórę, co było głupotą, o której warto myśleć, zamiast szukać ucieczki od mojego kłopotliwego położenia.

„Otwórz swoje wielkie usta, chłopcze" – powiedziała głębokim, mocnym głosem, chwytając moje lewe ramię. „Nie chcemy, żeby sąsiedzi teraz usłyszeli, prawda?"

„Pieprz się, czarna dziwko, chcę się stąd natychmiast wydostać!"

Od razu zdałam sobie sprawę, że nie powinnam nic mówić, szczególnie ze względu na obraźliwe określenia na temat jej afrykańskiego pochodzenia, ale ona tylko uśmiechnęła się na moje uwagi.

„Tak trzymaj, a zginiesz, pieprzone mięso" – szepnął mi do lewego ucha. „Teraz otwórz swoje cholerne usta, chłopcze" – krzyknął, kiwając głową na Jamesa.

Ból związany z mocnym pociągnięciem paska na penisa, a także Angela ciągnąca moją głowę do tyłu za włosy, tak że moja głowa uderzyła w rygiel w drewnie, sprawiły, że krzyknąłem z otwartymi ustami.

Wtedy właśnie wepchnęła mi do ust duży kawałek tkanej skóry, który natychmiast złożyła za moją głowę w tak prymitywny węzeł, jak to tylko możliwe.

– Jak się ma ta dziwka? szczeknęła.

Najlepiej jak umiałem, odpowiedziałem przez knebel i powiedziałem:

„Pierdol się, ty obrzydliwa suko! Zdejmij to ze mnie! Chcę się stąd wydostać" i chociaż moja odpowiedź brzmiała jak... Hmphhhh... hmphhhh... hmphhhh, jej znaczenie było dla niej zrozumiałe Gdy jego otwarta dłoń zacisnęła się w pięść, gdy próbował zapanować nad sytuacją.

„James, daj mi pasek od paska, a potem zabierz swoich dwóch małych przyjaciół i ich paski i spierdalaj tutaj. Pani Lucy i pani Samantha zmieniły zdanie na temat rozrywki, żeby być uczciwym wobec Petera, nigdy o tym nie rozmawiano." z nim. Angela zamówiła.

„Ale ja..." zająknął się i zastanowił się nad tym.

Skinął głową swoim dwóm asystentom i obaj zaczęli iść w stronę reszty grupy.

Angela zwróciła się do grupy pań i podniosła lewe ramię otwartą dłonią, aby wskazać 5 minut.

Następnie odwrócił się do mnie i chwycił pierścień D z przodu mojej szyi, pociągnął go i zaciągnął z powrotem do pomieszczenia gospodarczego, które opuściłem kilka minut temu z Cindy.

Położyła mnie z powrotem na macie i poszła do szafy po kolejną butelkę olejku do ciała, którą przyniosła i stanęła przede mną.

„Teraz, Peter, zostało nam tylko kilka minut, więc pozwól, że cię dogonię. Twoja Pani podniosła stawkę, że tak powiem, i zaproponowała cię jako swój bilet do szybkiego przejścia do statusu elitarnego w Przyjemności Bólu. Czy słyszałeś? o tym? No cóż, kogo w ogóle obchodzi, co myślisz? Czy zgodziłeś się być jej niewolnikiem, Peter? Czy zgodziłeś się wziąć udział w przyjęciu jako jej niewolnik? Jeśli to prawda, okaż to skinieniem głowy!

Kiwnąłem głową, że tak.

„No cóż, to załatwia sprawę. Martwiłem się, że twoje obawy mogły być prawdziwe, ale podpisałeś kontrakt z Lucy i w tej chwili nie mogę nic z tym zrobić. Ale zapłacisz za twoje wybuchy, a ja sprawię, że wypełnisz kontrakt z twoją Panią. Czy wiesz kim jestem?

Ponownie skinąłem głową, więc odwiązała linę od główki mojego penisa.

„No, ten pasek nie będzie mi potrzebny. Chyba ta trójka słabeuszy pomyślała, że zrobi wrażenie; to musi być męska sprawa. Czujesz się lepiej, Peter? Lubisz dźwigać cały ciężar jarzma na ramionach? To to był mój pomysł, kiedy powiedzieli mi o twoich cechach fizycznych. Mam nadzieję, że bardzo cię to zaboli, ponieważ komentarze, które mi zrobiłeś, zraniły mnie i zostaną ci zwrócone.

Wydawało się, że błąka się, zadając mi pytania, ale nigdy nie spodziewając się odpowiedzi, ponieważ był zakneblowany lub kręcił głową, więc pomyślałem, że najlepiej będzie tak pozostać i nic nie robić.

Mówiąc, rozpięła uprząż, którą miała na sobie, i powoli wyciągnęła wtyczkę z mojego tyłka, ale nie okazała zainteresowania usuwaniem moich jąder i penisa z ringu, co sprawiło, że krzyknęłam i ugryzłam knebel.

Gdy wtyczka została wyjęta, rzuciła wszystko na matę.

Jej miękkie dłonie przesunęły się po moim tyłku, jądrach i delikatnie po moim fiucie, który był więcej niż luźny niż pasek, który był do niego przymocowany.

– Czy czujesz się lepiej, Peter? zapytała.

Skinąłem głową, potwierdzając to uczucie, gdy moje mięśnie rozluźniły się po wyjęciu wtyczki.

Zaśmiała się cicho i powiedziała:

„No cóż, to dobrze, więc lepiej się tym ciesz, póki możesz, bo mam w planie coś bardziej złowrogiego. A skoro już o tym mowa, lepiej już chodźmy, albo oboje będziemy na tym. Teraz, Peter, po prostu przestańmy. "O ile wiesz, bicz, który mam, jest wykonany z brzozy, co zapewnia dużo hałasu, ale niewielkie obrażenia, ale bicze, których inni będą na tobie używać, są wykonane głównie z naoliwionej skóry cielęcej i powodują znaczny ból, więc bądź ostrożny Ale te dwa typy nie pozostawią trwałych śladów na twoim ciele. Będziesz mi posłuszny przez resztę nocy, bo tak będzie ci łatwiej i nie zapomnisz umowy, którą zawarłeś ze swoją Panią. Pierwszą rzeczą, którą zrobię to przedstawienie Państwu Pań, z których większość zajmuje wysokie stanowiska publiczne lub zawodowe i na razie chce zachować swoją tożsamość i udział w tajemnicy.Na czele tego przedstawienia stoi Lady Samanta, która siedzi obok Lady Lucy i należy go słuchać w 100. U niej nie ma miejsca na błędy, po prostu rób to, co mówi Piotr. Rozumiesz Piotra? "

Ponownie skinąłem głową i robiąc to, widziałem, jak Angela dotyka swojego ciała olejkiem, a kiedy znalazł się on na jej opalonej skórze, zdawało się, że rozświetlił pokój.

Mój słaby członek zaczął wracać do życia, odzwierciedlając przyjemność, jaką widziałem w oczach pięknej kobiety przede mną.

Potem podszedł do mnie i zaczął nacierać olejkiem całą moją klatkę piersiową, sutki i brzuch.

Następnie chwyciła mojego członka i zaczęła go głaskać, aż poczuła, że erekcja potrwa chwilę.

„Szkoda, że nie znalazłam cię wcześniej niż Lucy, albo że to nie ja dzisiaj szukam członkostwa, ponieważ wszystkie kobiety, które wchodzą do Pleasure of Pain, muszą wejść jako niewolnice Pani, dopóki nie znajdą męskiego niewolnika". abym im służył. Czy chciałbyś być moim niewolnikiem, Piotrze?

Nie będąc pewna odpowiedzi, której szukał, skinęłam głową, a następnie jego prawa ręka uderzyła mnie w lewy policzek 3 razy mocniej niż w drugą.

Potem szybko stanęła za mną i zmusiła mnie, żebym stanęła twarzą w twarz z otwartymi drzwiami.

„Cholerna świnio! Nie okazujesz lojalności swojej Pani, czy po prostu próbujesz mnie uspokoić? Co za idiota, Peter! Teraz jesteśmy gotowi, aby kontynuować, a ty będziesz wykonywał moje ustne polecenia bez konieczności używania smyczy i nie nie próbuj niczego przewidywać, co się wydarzy lub w jakim kierunku podążać. Jeśli się nie posłuchasz lub nie zrobisz dobrego przedstawienia, użyję rękojeści bicza i naprawdę nie sądzę, że tego chcesz zrób to, bo jeśli to zrobię, pozostawię trwały ślad. Gotowy chłopcze! No dalej!"

Gdy zapytała mnie, czy jestem gotowy , bicz dał mi klapsa w tyłek, co spowodowało obiecany głośny dźwięk, ale zaskakująco przyjemne ukłucie, które musiało zadowolić mojego kutasa, ponieważ stał jeszcze mocniej niż wcześniej.

Potem, kiedy byliśmy na zewnątrz budynku, trzy kolejne bicze spadły ciężko na moje plecy, co zabolało, powodując, że krzyknęłam przez gardło i cofnęłam się, ale nie odwróciłam.

Ta akcja spowodowała tylko kolejny cios w pośladki i wtedy kazał mi skręcić w lewo.

Kiedy to zrobiłem, kazała mi uciekać, co było niemożliwe, ponieważ byłem przykuty łańcuchem, ale Angela zdawała się nie zwracać na to uwagi i nadal klepała mnie po plecach, tyłku i udach, podczas gdy ja dalej się szamotałem i krzyczałem przez gardło.

„Idź bezpośrednio do pani Lucy" – rozkazał.

Pomiędzy ciosami podnosiłem wzrok i jednocześnie wpatrywałem się w podłogę w poszukiwaniu w niej wad, gdyż nie chciałem się poślizgnąć, a kiedy zobaczyłem moją Panią, skierowałem się w jej stronę.

Rozmawiał z czarną Panią obok niego, po jego lewej stronie, która, jak założyłem, była Panią Samantą i która wydawała się zgadzać z aprobatą wybranej przez Lucy niewolnicy, mnie.

Kiedy podszedłem bliżej, zauważyłem drewnianą konstrukcję po mojej prawej stronie.

Szubienica?

O cholera.

„Wstań, niewolniku" – rozkazała Angela, gdy była 5 kroków od mojej pani Lucy.

Następnie podeszła do mnie i mocno uderzyła mojego wciąż wyprostowanego kutasa.

„Na kolanach, kiedy stoisz przed swoją Panią!"

Upadłem na kolana i natychmiast otrzymałem jeszcze trzy ciężkie baty w plecy, które zabolały, ale sprawiły mi więcej przyjemności niż wcześniej, ale nie mogłem zrozumieć ani zobaczyć mojego penisa we wzwodzie.

Usłyszałem rozkaz, który, jak sądzę, pochodził od Angeli, aby opuścić moją głowę, aż dotknie ziemi i tak ją trzymać.

Kiedy to zrobiłem, ciężar kawałka drewna na moich plecach sprawił, że krzyknąłem i otrzymałem kolejny cios.

Następnie wszystko ucichło na około dziesięć sekund, które zdawały się trwać całą wieczność, i zaczął mówić głos, który, ze względu na jej bliskość i autorytatywny głos, uznałem za Pani Samantę.

„Panie, witajcie na tym specjalnym spotkaniu Grupy Pain Pleasure. Jesteśmy tutaj, aby oficjalnie uznać Lucy za naszą nową elitarną członkinię i pogratulować jej wyboru niewolnika, co, jestem pewien, sprawi jej wielką przyjemność. Wszyscy wyglądacie wspaniale , „Panie, tak naoliwione i gotowe na nasze bicze? Lucy, istnieje nierozstrzygnięta kwestia dyscypliny niewolników, którą wiem, że teraz rozwiążecie. Co wybrałyście?"

„Dziękuję, Pani Samanto, za wszystkie miłe słowa. Pokażę wszystkim, że jako prawdziwy dominator i profesjonalista, jestem i będę przywódcą wszystkich ludzi, z których wszyscy są od nas gorsi. Niewolnik Piotr! On wybrał swojego pierwsza kara zostanie zawieszona przy pierwszym udziale. Zostaniesz przedstawiony każdej obecnej Pani i jej biczom, zaczynając od Pani Samanty, a kończąc na mnie, co będzie oznaczać w sumie jedenaście lekcji. Następnie nastąpi finał, który odbędzie się tylko ja nazwiem The Final Torment, ponieważ jest to coś nowego, co stworzyliśmy z Angelą.Wszyscy niewolnicy, z wyjątkiem niewolnicy Cindy, natychmiast pójdą do poczekalni w piwnicy, ponieważ nie wolno im zobaczyć pierwszej kary nowy niewolnik Piotr."

Kiedy Dominatrix skończyła, usłyszałem szmer zadowolenia i braw, który różnił się od pierwszych dźwięków, które musiały wydać niewolnicy stojący za każdą z ich Pani.

Nikt nigdy nie miał tylu lekcji, szepnął niewolnik.

Pani powiedziała:

„Dobra robota Lucy, jakie fantastyczne ciało ma twój chłopak".

Nie zapytano mnie ani nie zakładałem, że zapytam, czy zgadzam się na zaplanowaną rozrywkę, ponieważ ponad wszystko chciałem być ich niewolnikiem.

„ No dalej, Peter, czas się przygotować na powitanie wszystkich Kochanek!" Angela zamówiła.

Próbowałem podnieść głowę, ale ciężar jarzma na ramionach i zmęczenie nie pozwoliły mi na to. Angela poprosiła niewolnicę Cindy, aby podeszła do pomocy, a obie chwyciły za jeden koniec jarzma i z łatwością mnie podniosły.

Kiedy wstałem, rozejrzałem się i zauważyłem wychodzących niewolników, a Pani w małych grupach bawiły się winem i przekąskami i pomyślałem, jak bardzo potrzebuję drinka.

Spojrzałem na Cindy i uśmiechnąłem się przez knebel, próbując zasugerować, że nie jestem na nią zły za zaskakującą sekwencję wydarzeń.

Spojrzał mi w oczy i delikatnie ścisnął moje ramię.

Angela ciągnęła mnie za D-ring na szyi, aż znalazłam się bezpośrednio pod wyciągniętym ramieniem szubienicy.

Stojąc tam, spojrzałem w górę i zauważyłem linkę z przymocowanym hakiem zabezpieczającym, po czym usłyszałem silnik i patrzyłem, jak hak opada i kończy się tuż pod moją głową.

Co powiedziała ta pani?

Zawieszenie i uczestnictwo i coś jeszcze?

Muszę zwracać większą uwagę.

„Cindy, rozwiąż liny na jego nadgarstku i przedramieniu na tym końcu jarzma, a ja zrobię to na drugim końcu. Musimy założyć chłopcu kajdanki, a następnie drążek zawieszenia przed nim. Kiedy już to zrobimy, gotowe, zrobię to." „Rozwiążemy i odłożymy drewniane jarzmo. Pani Łucja nie chce marnować więcej czasu". – powiedziała Angela.

Potem założyli mi na nadgarstki grube skórzane kajdanki i wiedziałam do czego służą, bo sprawdziłam ogłoszenia z fetyszami w internecie.

Gdy już ruszyliśmy, Angela podniosła przede mną ciężki stalowy pręt o długości około sześciu stóp.

Miał łańcuchy z karabińczykami na obu końcach i ciężkie kółko pośrodku.

Cindy szybko zatrzasnęła haczyki na każdym łańcuszku u góry mankietów trzymających moje nadgarstki, a gdy drugi był w ruchu, Angela powoli opuszczała drążek, aż trzymałem go samodzielnie.

Dodatkowy ciężar na moim ciele i ramionach sprawił, że jęknąłem głośno i zauważyłem, że Lucy na mnie patrzy, a grupa, w której byłem, zaczęła się uśmiechać i śmiać.

Angela i Cindy szybko zabrały się za zdjęcie jarzma, co sprawiło, że poczułam się znacznie lepiej i nawet po tym, jak podniosły mi drążek nad głowę i założyły kółko na karabińczyk, poczułam, jak zmniejsza się nacisk na moje ciało.

Angela podeszła do mnie i szepnęła tak, aby nikt, nawet Cindy, nie usłyszał:

„Niewolniku, teraz usunę ci knebel i dam ci wodę przed przedstawieniem. Jeśli nie będziesz zachowywał się do wieczora, to będzie koniec, szczerze, i odetnę ci oba sutki. Rozumiesz?"

Pokiwałem entuzjastycznie głową, mówiąc „tak", i odwróciłem się do niej, chcąc się napić i zachować moje sutki.

Zauważyłem, że drążek, na którym zwisały moje ramiona, obracał się razem ze mną, kiedy to robiłem, i patrząc w górę, zrozumiałem, dlaczego karabińczyk miał wbudowany krętlik, dzięki czemu mógł obracać się w dowolnym kierunku.

Następnie Cindy zdjęła knebel z moich ust i stojąc za mną, delikatnie przycisnęła swoje piersi do moich pleców, powodując jęk przyjemności wydobył się z moich ust.

Dzięki Bogu, Angela nic o tym nie słyszała ani nie widziała, powtarzałam sobie.

Następnie Angela przyłożyła mi do ust butelkę wody, którą próbowałem połknąć w całości, ale pozwolono mi tylko na kilka łyków.

„Przykro mi, Peter" – powiedziała Angela – „ale mogę dać ci tylko kilka łyków, bo możesz dostać skurczu, a nawet zachorować. Och, Cindy, świetnie, masz drążek do karmienia jej stóp. Zróbmy to. idź szybko, Peter. Pamiętaj, co mówiłem o krzykach.

Najpierw Cindy otworzyła zamek w moich stopach kluczem, który trzymała w bransoletce, a potem obie dziewczyny szybko chwyciły za klamkę, która musiała mieć około trzech stóp długości, i przymocowały skórzane paski do obu kostek.

Kiedy to się działo, wiedziałem, dlaczego Angela przypomniała mi, żebym krzyczał, ponieważ nie tylko odsunąłem się od baru, ale teraz wisiał zawieszony na podłodze w pozycji rozłożonego orła, zwisając z moich nadgarstków.

Jedyne, co mogłam zrobić, to zacisnąć zęby i jęczeć tak cicho, jak to tylko możliwe.

Następnie Angela sprawdziła moją sytuację, poruszając się powoli z boku na bok, a następnie przekręcając mnie raz, aby upewnić się, że skręt zadziałał.

Kiedy stanął przede mną przed Kochankami, powiedział:

„Niewolniku, uklękniesz przed powitaniem każdej Pani i będziesz mieć pochyloną głowę i spuszczone oczy. Powitasz ją, gdy będzie przed tobą, i zrobisz to: „Witam, Pani, jestem niewolnikiem Pani Łucji,

Piotrem". Potem ona. każe nam stanąć na obu nogach lub w pełnym zawieszeniu, a następnie formalnie wręczy Ci swój bicz i inne rzeczy. Wszystkie Pani mają na to pozwolenie. Będą cię chłostać tyle razy, ile chcą, z ramion do stóp, stóp, ale do penisa powinieneś używać tylko bicza. Pamiętaj, żeby nie płakać, Piotrze, bo będą dla ciebie mocniej. Rozumiesz Piotra?

„Tak, Angela, rozumiem" – powiedziałem, ale bałem się zapytać ją, co oznacza „i inne rzeczy".

„Niewolniku, chcę, żebyś coś dla mnie zrobił. Załóżmy, że właśnie zostałeś trafiony, skręć w lewo o pół obrotu. TERAZ!"

Musiałem spróbować kilka razy, aż mi się udało, ponieważ za pierwszym razem pojechałem za daleko, a potem za kilka kolejnych razy niewystarczająco lub całkowicie skręciłem.

Potem postawili mnie na nogi i musieli powtarzać cały proces, aż wszystko wyszło dobrze.

Kiedy byłem instruowany w zakresie tej techniki przędzenia, Cindy postawiła przede mną stół, na którym stały wiciowce różnych typów i kolorów oraz duży szklany zbiornik na ryby wypełniony drewnianymi szczypcami.

Następnie Angela skinęła głową Cindy, aby podeszła do mnie, po czym Angela udała się do Pani.

Kurwa, ona jest taka piękna, tak samo jak Cindy i wszystkie Kochanki, pomyślałem, gdy Cindy znów zaczęła głaskać mojego kutasa, żeby był twardy, jak sądzę.

„Bądź odważny, Peter, a to wkrótce się skończy. Kocham cię, Peter" – szepnęła.

ROZDZIAŁ V

Dreszcz przebiegł przez moje ciało, gdy stałem tam, czekając na swój los, podtrzymywany przez Cindy, która delikatnie pieściła moją męskość.

Pamiętam, jak patrzyłem na jezioro i żaglówki zmierzające do domu po coraz spokojniejszym dnie wody.

Zaczęły pojawiać się pierwsze myśli o wieczorze, wiedziałem, że za niecałą godzinę będzie ciemno i zastanawiałem się, kiedy ten czas minął.

„Przygotuj się. Nadchodzą" – Angela rozkazała Cindy, gdy wróciłem do rzeczywistości.

Nie zauważyłem powrotu Angeli i kiedy się do niej odwróciłem, klepnęła mnie mocno w pośladki i zachichotała.

„Nie mogę się doczekać, żeby zobaczyć, czy uda ci się dotrzeć przez następną godzinę, bo lepiej, żebyś podczas swojego występu rozgrzał i zmoczył wszystkie Panie. A teraz, Cindy, rzuć tę dziwkę na kolana, zanim tu przyjdą. I Peter, pamiętaj co ci powiedziałem".

Moje rozłożone ciało orła zostało podparte na kolanach z pomocą Cindy, ponieważ nie byłem pewien, jak najlepiej przyjąć pozycję.

Na kolanach trzymałem głowę opuszczoną, tak jak kazała Angela, ale z peryferyjnego widzenia, jakie miałem i ich głosów, wiedziałem, że są teraz przed nami.

„Panie Przyjemności Bólu, oddaję pod rozwagę mojego niewolnika, niewolnika Petera. Proszę, wykorzystajcie go dobrze. Po ukończeniu testu mojego bezwartościowego mężczyzny odbędzie się dla was specjalne przedstawienie, które Angela tak uprzejmie przygotowała."
„Lady Samanta uprzejmie proszę o rozpoczęcie ceremonii."

Wszyscy przede mną zachowywali ciszę i słyszałem, jak pani Samantha się zbliżała, a nawet gdy wyjmowała szczypce z miski.

Jedna z Pań powiedziała wtedy cicho do drugiej osoby:

„Ach, to żądło, ona je przetestuje".

Przez całe spotkanie szepty potwierdzające.

Kiedy była przede mną, powiedziałem jej to, co powiedziała mi Angela:

„Witam, pani, jestem Peterem, niewolnikiem pani Lucy".

„Podnieś głowę i spójrz na mnie, niewolniku" – rozkazał.

Kiedy powoli podniósł głowę, zauważyłem, że w lewej ręce trzymał dwie spinacze do bielizny, a w prawej trzymał ciemnoczerwony skórzany bicz.

Bicz wyglądał jak krótki, pleciony bicz, ale na końcu miał dodatkową długość dziewięciu ogonów wykonanych ze skóry prawie wielkości liny, każdy zawiązany na końcu.

„Co za cholera" – pomyślałem.

Choć jestem naiwny, wiedziałem, że bicz, który trzymał, nie był tą chłostą, którą opisała Angela.

Spojrzałem na Angelę, a ona uśmiechnęła się w ledwie niewinny sposób i wzruszyła ramionami.

- Ta suka pewnego dnia dostanie to, czego szuka.

Wiedziałem, że to będzie bolało bardziej, niż wcześniej wyjaśniłem, ale zamierzałem znieść to w każdy możliwy sposób, aby pokazać Angeli, że mogę to wytrzymać.

Pani Samanta widziała tę interakcję i wybuchnęła śmiechem.

„Panie, wygląda na to, że temu niewolnikowi nie powiedziano wszystkiego o dzisiejszym programie, ale zgodził się tu być i będzie to dla niego dobra lekcja. Poczekajmy na zdezorientowanego niewolnika!"

„ Piotrze, niewolniku, czy zgadzasz się, że jesteś podporządkowany wszystkim kobietom, że wszystkie kobiety są lepsze od mężczyzn, że będziesz służył i był posłuszny wszystkim kobietom, bez względu na to, gdzie jesteś, i że nauczysz się wspierać ruch Przyjemności Bólu ?"

„Tak, pani Samanto, zgadzam się" – odpowiedziałem.

„Czy wiesz, kim jestem, niewolniku, i co robię?"

„Tak, proszę pani. Ma pani własną kancelarię prawniczą w Maine, z której korzystałem, ale miałem do czynienia tylko z pani personelem".

„Nasz udział w tej Grupie musi być poufny. Czy rozumiesz Petera i możesz na nas liczyć, że utrzymamy to w tajemnicy?"

„Rozumiem, że ta pani i ja zawsze zachowamy wszystko w tajemnicy".

„Czy skosztowałeś słodkiego nektaru czarnej bogini, niewolniku, i czy chcesz to zrobić?" zapytała.

„Tak, pani Samanto, mam."

Gdy tylko wspomniałem te słowa, dłoń trzymająca bicz powędrowała do tyłu mojej głowy i pchnęła ją w stronę czekającej cipki, którą odsłoniła jej druga ręka, gdy podnosiła sukienkę.

Mój język natychmiast odszukał jej łechtaczkę, która była gorąca i pływała w sokach seksualnych, a gdy ją polizałem, poczułem, że twardnieje i rośnie.

Nie pytając o pozwolenie, odwróciłem lekko głowę, otworzyłem usta otaczające jej seks i zacząłem to wszystko chłonąć w coraz większym tempie.

Przez kilka sekund uderzała mnie cipką w twarz, a następnie brutalnie mnie pchnęła.

– Ach, suko – krzyknął i uderzył mnie batem w twarz. „Lucy, spisałaś się bardzo dobrze... nie tylko ciało tej dziwki zostało stworzone, aby nam służyć, ale wierzę, że jej umysł jest również gotowy, aby nam służyć".

Pani Samantha cofnęła się i patrząc na swoją niewolnicę, Angela powiedziała: „Gotowe", a następnie podała Cindy dwie spinacze do bielizny.

Zostałem całkowicie podniesiony z ziemi, całkowicie zawieszony w pozycji dzikiego, rozpostartego orła, twarzą do głowy tej Grupy Przyjemności Bólu.

Zauważyłem, że Cindy patrzy w zamyśleniu na spinacze do bielizny, po czym przyłożył jeden do mojego lewego sutka, a drugi do woreczka jajowego, co spowodowało, że z moich ust wydobył się cichy jęk.

Kiedy to się działo, spojrzałem na Samantę, która wydawała mi się niesamowicie dzika, i poczułem, że mój kutas twardnieje.

„Spójrzcie, drogie panie! Ta dziwka już złożyła mi należny szacunek".

Natychmiast po tym, jak to powiedział, uderzył mnie mocno w prawe udo, a potem jeszcze raz w lewe, przez co próbowałem się wyrwać z więzów, ale nie wydałem żadnego dźwięku przez zaciśnięte zęby.

„Angela, odwróć się, proszę" – rozkazała Samanta.

Następnie Angela syknęła mi do ucha tak głośno, że wszyscy usłyszeli.

„Odwróć się, pieprzona suko, i bądź szybki".

Z całych sił szybko odwróciłem się jak najdelikatniej, cały czas myśląc o Angeli i mówiąc sobie:

- Zamierzam mieć tę dziwkę dla siebie.

Pewnie, że w innych okolicznościach mogłaby być trochę milsza.

Kiedy skończyłem turę, spojrzałem Angeli w oczy i próbowałem ją zabić, ale bez większego powodzenia.

Potem Samanta uderzyła mnie dwoma mocnymi batami w plecy swoim biczem i już zrozumiałem, dlaczego nazywali to żądłem.

To było tak, jakby przy każdym uderzeniu czułem, jak dziewięć ogonów bicza wchodziło w moje ciało, ale mimo to odczuwałem mrowienie, które niemal zdawało się domagać więcej.

Kiedy moja wewnętrzna walka uspokoiła się, usłyszałem głos Samanty: „Gotowa, Angela?" i wtedy usłyszałem ciszę zgromadzonego w pobliżu tłumu pań.

Spojrzałem w dół i patrzyłem, jak Angela pochyliła się do mnie i wzięła mojego wyprostowanego penisa do ust, pracując nim, aż znalazła się dokładnie tak, jak chciała, a następnie podniosła prawą rękę.

W tym momencie mój świat eksplodował serią mocnych klapsów w pośladki, a zęby Angeli ściskały mojego kutasa tak mocno, że myślałem, że go odetnie.

Nie krzyczałam, ale moje jęki przez zaciśnięte zęby brzmiały, jakbym przeżuwała ziemię.

Kiedy zmagałem się w tej pozycji całkowitego zniewolenia, Angela nadal gryzł mojego penisa, aż Pani Samanta odezwała się:

„Angela, przestań już. Później zostaniesz ukarana za ten wybuch. O czym do cholery myślałaś, kobieto?"

Następnie wstałem i przy pomocy Cindy zwróciłem się do Grupy i ponownie upadłem na kolana.

Opuszczając głowę, moja pani przemówiła do grupy:

„Następny będzie nasz gość spoza dzielnicy, pani Wiktoria, która pomogła w założeniu naszej Grupy Lokalnej. Proszę, pani Wiktoria".

„Witam, pani, jestem niewolnikiem pani Lucy" – powiedziałem, gdy stanęła przede mną.

„Podnieś głowę, chłopcze! Czy wiesz, kim jestem?"

Kiedy podniosłem głowę, ponownie zauważyłem dwa spinacze do bielizny, ale tym razem jej prawa ręka trzymała mały bicz i serce mi zamarło, ale nie odebrało mi to męskości, bo jakoś pozostałem twardy.

Spojrzałem w oczy dojrzałej kobiety, która wciąż była niezwykle piękna i miała ciało kogoś znacznie młodszego.

„Jesteś panią Wiktorią. Wymieniałem z tobą e-maile, kiedy dołączyłem do twojej grupy odgrywania ról, ale nigdy nie byłem w tym dobry i się poddałem. Przykro mi, proszę pani".

Szczerze mówiąc, miałem nadzieję, że jej nie zdenerwowałem, opuszczając głowę.

„Podnieś i obróć" – rozkazała mi Angela.

Najpierw podał dwie spinacze do bielizny Cindy, która ponownie, po spojrzeniu na nie, uniosła brwi, a następnie przystąpił do zakładania obu na mojego penisa: na skórę po obu stronach jąder u nasady.

Potem dostałem pięć mocnych uderzeń w plecy i pośladki, gdy jęczałem i walczyłem w więzach.

„Wspaniale, doskonale" – oświadczyła pani Victoria, zanim wróciłem do pozycji klęczącej.

I tak się stało, z różnymi karami dla tych wszystkich potężnych kobiet, każda z nich została wezwana przez moją Panią.

Od Nellie, nauczycielki w liceum, przez Florę, aktorkę opery mydlanej, Jane, lekarkę, Jeminę, nauczycielkę historii, Rosie, artystkę w Talent Show, po Laurę , właścicielkę stacji telewizyjnej, która mnie zaprosiła na jej wyspę..

Były dwa wyjątki, które wskażę bardziej szczegółowo: Clara, prezenterka kanału informacyjnego w telewizji kablowej i Celine, prezenterka pogody na tym samym kanale.

Kiedy zawołano panią Klarę, podeszła, uderzając się dużym czarnym biczem zwisającym z jej uda i zatrzymała się tuż przede mną, niemal dotykając mojej pochylonej głowy.

„Witam panią, jestem niewolnikiem pani Lucy, Peterem” – wyjąkałem nieco drżąco i ze strachem, gdy nadal uderzałem batem w jej nogę, wiedząc, że widzi swoją zabawkę.

„Podnieś głowę, proszę pana. Czy wiesz, kim jestem?”

Mężczyzna powiedział to w obraźliwy sposób, tak aby każdy mógł to usłyszeć .

Kiedy podniosłem głowę i spojrzałem na nią po raz pierwszy w prawdziwym życiu, zdałem sobie sprawę, że jest jeszcze piękniejsza niż w telewizji.

Miał wysportowane ciało, za które można było umrzeć, a jego włosy sięgały obecnie do ramion w kolorze ciemnego blondu, a z tego, co czytał, jego mózg przewyższał większość mężczyzn.

„Tak, pani Claro, jest pani referencją w Cable”.

Kiedy to powiedziałem, zauważyłem, że nie zwracała uwagi na nic, co mówię, ale zamiast tego patrzyła na Angelę.

Odwróciłem głowę w stronę Angeli i zauważyłem, że patrzy na Klarę, uśmiecha się i oblizuje usta.

„Ta dziewczyna też jest żartownisiem, napalona i zainteresowana wszystkim” – pomyślałam o Angeli i cicho się roześmiałam.

Niestety pani Klara pomyślała, że się z niej śmieję i mnie spoliczkowała.

„Pani Lucy! Ta pani świnia śmie się ze mnie śmiać. Co zamierzacie z tym zrobić?"

„Przepraszam, Klaro. Angela, weź pęsety i przyłóż je temu draniu. Teraz!" Zamówiła.

Kiedy Angela podeszła do stołu po zaciski, zapytała Lucy, jak bardzo chcą, żeby były ciasne, a Lucy odpowiedziała:

„Gdy nie będziesz już mógł ich dokręcić, będą idealne."

„Pani Claro, mam nadzieję, że spotka się to z pani aprobatą" – zapytała Lucy.

„Podnieś go na palcach!" Powiedziała Clara, podając pęsety Cindy.

Następnie Angela kazała Cindy zdjąć wszystkie spinacze do bielizny z moich sutków i założyć je na mojego kutasa, gdy tylko ustawię się na właściwej pozycji.

Cindy nie patrzyła mi w oczy, kiedy cztery spinacze do bielizny zostały zdjęte i przeniesione na mojego fiuta, a następnie spinacze Clary zostały umieszczone na moich jądrach.

W tym momencie mój penis był prawie całkowicie pokryty z obu stron szpilkami.

Następnie Angela, uśmiechnięta i przyjazna, pies zrobił swoje z zaciskami.

Każdy zacisk składał się z dwóch płaskich metalowych prętów ze śrubami na każdym końcu, które należało dokręcić ręcznie.

Po poluzowaniu każdego z nich, na jeden z sutków założył zacisk, a nad nim i pod nim pręt, a następnie kazał Cindy przeciągnąć sutek przez zacisk, jednocześnie go ściskając.

Kiedy oboje zostali unieruchomieni, odczułem pewną ulgę, ponieważ tylko Cindy, która je ciągnęła, powodowała jakikolwiek ból.

„Teraz je ścisnę, suko" – powiedział, gdy oboje na siebie spojrzeliśmy.

Gdy je ścisnął, ból stał się nie do zniesienia.

Nigdy nie czułam tak silnego bólu, ale niech mnie diabli, nie miałam zamiaru dać im przyjemności krzyczenia, bo tego właśnie chciała ode mnie Angela.

Clara kazała mi się odwrócić, co doceniam, bo po tym, jak wszystkie moje telewizyjne fantazje z nią zostały zniszczone, gdy dowiedziałem się, że woli płeć przeciwną, nie chciałem widzieć, jak daje mi klapsy i czuje się upokorzona.

W rzeczywistości jego biczowanie było bolesne, ale podniecające.

Czy było to spowodowane moim upokorzeniem?

W przypadku Pani Celine nigdy nie dotarliśmy do fazy klapsów.

Po jej podejściu i przedstawieniu spojrzałem na jej urodę, a ona się uśmiechnęła i powiedziałem, że widuję ją od lat w każdy weekend, gdy prezentuję lokalny raport o pogodzie, i wypaliłem, że jestem w niej zakochany i uważam, że wygląda fantastycznie.

„Chcesz wypróbować swoją pogodową dziewczynę, Peter?”

„To byłby zaszczyt, pani” – odpowiedziałem, a następnie zacząłem umieszczać głowę między jej nogami, gdy podnosiła sukienkę.

Była gorąca i mokra i potrzebowała orgazmu.

Mój język ciężko pracował na jej łechtaczce, gdy przyciskała swoje ciało do mojej twarzy.

Kiedy był całkowicie spuchnięty, byłem w stanie utrzymać go wargami, podczas gdy mój język biegł po nim.

Nie trwało długo, zanim jęczała z orgazmem, a soki miłosne pokryły moją twarz.

Potem cofnęła się, upuściła bicz, podeszła do mojej Pani i żartobliwie zapytała, czy sprzedałaby mnie jej.

Po zapoznaniu się z każdą z Pani, uklęknąłem z opuszczoną głową i wiedziałem, że Pani Lucy jest przede mną.

„Witam, pani Lucy. Jestem twoim niewolnikiem, twoim niewolnikiem Peterem”.

„Podnieś głowę, niewolniku”

Kiedy to zrobiłem, wiedziałem, dlaczego była tam tej nocy, ponieważ jej uroda była urzekająca i naprawdę ją kochałem.

Nie trzymał żadnych zacisków, ale w prawej ręce trzymał mały bicz, o czym od razu wiedziałem, do czego służy, bo w lewej ręce trzymał knebel.

„Brawo niewolniku. Twój proces wkrótce się zakończy, a panie zgodziły się na założenie knebla, abyś mógł w razie potrzeby krzyczeć przez resztę nocy. A teraz, Angela, załóż knebel w przednim zawieszeniu i całkowicie dokręć ten chłopiec "

Angela wzięła knebel i bez żadnej delikatności włożyła mi go do ust i mocno zacisnęła knebel po naciśnięciu mojej głowy.

Panie obserwowały to wszystko, zwłaszcza gdy pomógł mi wstać za klamry i po raz pierwszy udało mi się krzyknąć w knebel.

Zostawili mnie w pełnym zawieszeniu, żeby wszyscy mogli zobaczyć.

Kiedy Angeli nakazano zdjąć zaciski, Panie z wielkim zainteresowaniem obserwowały moją reakcję na zdjęcie każdego zacisku, gdy krzyczałam i szarpałam się, próbując pocieszyć sutki.

Wtedy podeszła Lucy i stanęła przede mną.

„Proszę, Piotrze, pokaż wszystkim, że jesteś moim niewolnikiem. Teraz moją zabawką usunę wszystkie spinacze do bielizny i niezbyt delikatnie. Wszyscy obserwują Twoją reakcję na to, co robię, więc zróbmy to dobrze".

Skinąłem głową i zamknąłem oczy, zdecydowany nie krzyczeć więcej, gdy ogony bicza zaczęły lądować tam, gdzie została umieszczona spinacz do bielizny, ale większość z nich była na moim kutasie i jądrach.

Jęknąłem i walczyłem, próbując uciec przed biczem, aż w końcu się zatrzymał i otworzyłem oczy i zobaczyłem uśmiechniętą Panią.

„Dobra robota, Peter" – powiedziała, a następnie zwróciła się do swoich gości. „Do występu The Final Suspension upłynie krótka przerwa. Czy mogłabyś mi towarzyszyć z lampką lodowego wina, podczas gdy dziewczyny będą przygotowywać ostatnią rozrywkę wieczoru?"

„O czym on do cholery mówi?" – pomyślałem.

Ostateczne zawieszenie? Powieszą mnie?

Potem położyli mnie na ziemię i kazali uklęknąć, podczas gdy Angela i Cindy zajęły się przygotowaniami do czego: mojej śmierci?

Byłem zbyt zmęczony, żeby cokolwiek zrobić, nawet gdy ciężki drążek został odłączony od linki i postawiony za mną.

Kiedy spojrzałem na mojego fiuta, zobaczyłem, że zwisa słabo i wiedziałem, że nawet Viagra nie byłaby w tym momencie zbyt pomocna.

Ze zdumieniem obserwowałem, jak Angela i Cindy wyciągają jakiś rodzaj silnika, który podłączają do przewodu, a następnie, po podłączeniu, testują go, aby upewnić się, że działa.

Następnie do dolnej części urządzenia przymocowano drążek przytrzymujący łańcuchy do mankietów nadgarstków i całość została podniesiona, podnosząc mnie do góry, aż ponownie zostałem zawieszony.

Tym razem poluzowali drążek rozporowy na moich kostkach i usunęli go, kiedy postawili mnie na nogi.

Następnie Cindy założyła mi na uda, tuż nad kolanami, ciężkie skórzane kajdanki, a kiedy obie zostały mocno zapięte, postawiono mnie do pozycji siedzącej.

Poczułam się cała odrętwiała i nie bałam się dalszych prób zadawania mi bólu.

Następnie przywiązano łańcuch do każdego mankietu uda do górnego drążka i naprężono, aż wyglądało, że siedzę z rozłożonymi nogami, podczas gdy lina unosiła mnie, aż znalazłem się około pięciu stóp nad poziomem gruntu.

„Cindy, spróbujmy tego przed finałowym występem".

Angela wspomniała o tym cicho, po czym chwyciła kabel elektryczny podłączony do urządzenia nade mną.

Do kabla, po którym Angela zaczęła przeczesywać palcami, podłączono coś, co wyglądało na jakąś skrzynkę kontrolną.

Najpierw obracałem się zgodnie z ruchem wskazówek zegara, a następnie przeciwnie do ruchu wskazówek zegara, pełnymi obrotami przy różnych prędkościach, a następnie szarpnąłem w górę i w dół.

Zadowolona Angela kazała Cindy przygotować ostatni kawałek, który oglądałam z góry.

Przenieśli ciężki, okrągły stalowy słup o długości ponad czterech stóp bezpośrednio pode mną i przykręcili go do czegoś, co uważałem za otwór odprowadzający wodę osadzony w betonie na poziomie gruntu.

Po upewnieniu się, że jest szczelny i nie ma luźnych ruchów, Angela wyjęła z pudełka stożek ze stali nierdzewnej i zaczęła wkręcać go w górną część metalowego słupka.

W tamtym czasie wszystko to działo się bezpośrednio pod moim ciałem, więc miałem dobry widok na to, co się działo i co według mnie miało się wydarzyć, co zapoczątkowało z mojej strony ciężką sesję walki, której nie chciałem. część tego.

Angela natychmiast chwyciła podstawę moich jąder, ścisnęła i uderzyła w worek, który trzymała, tak mocno, jak tylko mogła prawą pięścią, powodując, że krzyknąłem przez knebel, gdy jedyne, co widziałem, to błyszczące czarne smugi przed moimi oczami.

– Przestań, Peter, bo będę cię bił, aż zemdlejesz. Rozumiesz? – zapytała Angela.

Przestałem, ale z dwóch powodów, jednym z nich była groźba Angeli, a drugim było to, że moje ciało było całkowicie wyczerpane.

Nie mogłem już tego znieść, ponieważ zawieszenie mi to uniemożliwiało i wiedziałem, że przez resztę nocy po prostu będę tu wisieć, znosząc ból.

Próbowałam złapać oddech, przyglądając się bliżej stożkowi.

Chociaż trudno było to stwierdzić, wierzchołek był zaokrąglony i miał około pół cala średnicy.

Zwiększała się ona o około dziesięć cali długości do średnicy około dwóch lub trzech cali u podstawy, co wydawało mi się około dziesięciu stóp.

Następnie Cindy pokryła to wszystko grubą warstwą lubrykantu, a następnie, nakładając znaczną ilość na opuszki palców, zaczęła masować nim mój odbyt.

Śmiała się, plując, próbując włożyć we mnie palce, co nagle znalazło się we mnie, powodując, że westchnęłam i jęknęłam.

Podczas gdy opiekowano się moim tyłkiem, Angela podłączyła odtwarzacz CD i szybko wypróbowała wybraną przez siebie piosenkę na to pieprzone wydarzenie, które sama stworzyła, i miała nadzieję, że pewnego dnia odwdzięczy się tym w zamian.

Od razu rozpoznałem muzykę... i wiedziałem, że jej powolny rytm wprawi wszystkie Panie w ekscytację, ale mnie sprawi wiele bólu.

Odtwarzacz CD został także dołączony do skrzynki sterującej urządzenia.

Angela nagrała wcześniej pierwsze takty instrumentalne piosenki i teraz odtworzyła je, aby zwrócić uwagę Pań i dać znać, że jest gotowa.

Patrzyłem, jak Panie podeszły i stanęły w półkolu wokół mnie, około pięciu stóp ode mnie, i widziałem, jak Angela wita Panią Lucy, gdy ta wyłączała muzykę.

„Panie, oto krótka prezentacja, którą wymyśliła Angela i którą nazywa „Ostatecznym zawieszeniem”.

Mój niewolnik Peter został o tym poinformowany dopiero kilka minut temu i jest to dobry sposób, aby mój niewolnik wiedział, że zawsze może spodziewać się nieoczekiwanego.

„Możesz kontynuować, Angela” – powiedziała Lucy.

„Dziękuję, proszę pani” – odpowiedziała Angela. „Mam nadzieję, że spodoba wam się spektakl, który nazywam Ostatecznym zawieszeniem i który wszyscy ludzie powinni wytrzymać na występie w Pleasure of Pain”.

Następnie Angela odwróciła się i podeszła do skrzynki kontrolnej i przestawiła kilka przełączników, powodując, że Cindy opadła i poprowadziła moje ciało do stożka, który wszedł kilka cali w moją dupę.

Krzyknęłam do knebla na tę penetrację i jednocześnie zauważyłam, że wszystkie Panie splotły ramiona i uważnie obserwowały to upokorzenie mojego ciała.

Potem rozległa się muzyka i przez pierwszą minutę moje ciało unosiło się o cal, a potem opuszczało o cal lub dwa, a potem znowu podnosiło się i opuszczało, cały czas w rytm muzyki.

Panie, ramię w ramię, również zdawały się poruszać w rytm muzyki najlepiej, jak potrafiły.

Słyszałem też, jak wykrzykiwali takie rzeczy, jak „To powinno przydarzyć się wszystkim mężczyznom", „kobiety rządzą", „mężczyźni to szumowiny", „niech żyje przyjemność bólu ", a także wiwaty i oklaski przez całą piosenkę.

Wiedziałem, że suka Angela zostanie za to dobrze wynagrodzona, ale nie mogłem nic zrobić, jak tylko stać i krzyczeć za każdym razem, gdy byłem penetrowany na dziewiczym terytorium.

W drugiej minucie utworu musiałem zostać przebity na trzy lub cztery cale, ponieważ nie poruszałem się już w górę i w dół, ale teraz stożek obracał się małymi ruchami w lewo i w prawo.

A potem ostatnia minuta... była tą, w której krzyczałam przez całą minutę, minutę nieskończoną, jak mi się wydawało.

Wzrósł nie tylko obrót stożka, ale także ruch w górę i w dół.

Słyszałem tylko ryki aprobaty tłumu i wiedziałem, że z każdym uderzeniem zaczynam tracić przytomność, aż w końcu, wraz z końcem piosenki, wirowanie ustało, a moje ciało opadło na stożek; moją wagę, tracąc ją tak bardzo, jak tylko mogłem.

Potem krzyknęłam głośniej niż kiedykolwiek w życiu i zemdlałam.

* * *

Kiedy się obudziłem, byłem sam... nikogo tam nie było.

Dzień zamienił się w noc, ale światła w domu i na farmie zapewniły mu wystarczająco dużo światła, aby mógł zobaczyć, gdzie się znajduje.

Kiedy leżałem pod szubienicą, ktoś narzucił mi koc na ciało i rozglądając się, nic nie wskazywało na to, że kiedykolwiek miał miejsce jakikolwiek seans.

Czy to wszystko sobie wyobraziłem?

Ta myśl uległa zmianie, gdy spróbowałem się poruszyć i poczułem wszystkie bóle w ciele.

Byłam wolna od ograniczeń i knebla, naga na trawie i nie miałam pojęcia, co robić.

Z domu dobiegała muzyka i śmiech, ale nie chciałam mieć z tym nic wspólnego i próbując wstać, skierowałam się w stronę wejścia do budynku, gdzie było to przygotowane.

Natknąłem się na budynek i znalazłem drogę do swojego samochodu, do którego szybko wsiadłem i chciałem go odpalić, ale nie mogłem znaleźć kluczyków.

– Wysiadaj z samochodu, chłopcze!

Podniosłem wzrok i zobaczyłem Cindy ubraną w białą bluzkę i krótką spódniczkę.

Bez stanika, Boże, jaka ona jest piękna, pomyślałam, ale wiedziałam, że w tej chwili nic nie mogę zrobić.

„Słyszałeś mnie, chłopcze? Wysiadaj teraz z samochodu. Mężczyźni muszą słuchać wszystkich kobiet, a to oznacza, Peter, teraz wyjedziesz stąd do cholery samochodem".

Czy byłem zbyt zmęczony, aby się kłócić, czy też znałem swoje miejsce w grupie?

W każdym razie wysiadłem z samochodu i zobaczyłem Cindy trzymającą moje ubrania, żebym mógł je założyć.

„Hej, te ubrania są moje! – Skąd to wszystko wziąłeś? Pytałem o.

„Wystarczy to założyć i wsiąść do samochodu, muszę cię odwieźć do domu i się tobą zająć. Pani Lucy martwiła się o twoje samopoczucie".

Byłam zbyt zmęczona, żeby cokolwiek powiedzić i wdzięczna, że ktoś zabrał mnie do domu.

Cindy zaparkowała na poboczu podjazdu, nie decydując się na wejście do garażu ani otwarcie go.

W domu paliły się światła i wiedziałam, że żadnego nie zostawiłam włączonego, więc zdałam sobie sprawę, że w którymś momencie nocy zabrali mi klucze i przygotowali dom.

Po tym, jak wprowadziła mnie do domu, Cindy zabrała mnie do łazienki i wciągnęła pod prysznic, gdzie razem ze mną weszła.

Umyła mnie, trzymając mnie blisko siebie... było to tak miękkie i tak dobre, że wiedziałem, że wkrótce moje ciało wróci do normy.

Gdy woda oblała nas, usłyszałem głośny hałas w sypialni.

„Co to było? Czy jest tu ktoś jeszcze?"

„Odpręż się, Peter. To był po prostu centralny system chłodzenia czy coś. Miałeś ciężki dzień. Chodźmy się wysuszyć i połóżmy się do łóżka".

Delikatnie wyciągnęła mnie do sucha, całując moje ciało tam, gdzie było obolałe lub oznaczone, a na koniec dała mi mocny pocałunek w usta, a jej język zdawał się masować mój.

O Boże, ona mnie kręci.

Nago , ramię w ramię, poszliśmy do pokoju gościnnego, w którym paliły się wszystkie światła.

Myślałem, że Cindy to zrobiła.

Kiedy weszliśmy, byłem zaskoczony, widząc panią Lucy nagą na łóżku, ubraną tylko w czarne stringi.

„Ach, oto moje dwie niewolnice. Obie wyglądają fantastycznie. Chodź, Cindy i dołącz do mnie. Nie, nie ty, Peter, nie chcę niewolników. Twoje usługi nie będą dziś potrzebne, więc idź do głównej sypialni Teraz!" "

Po usłyszeniu jego słów moje serce opadło niżej niż kiedykolwiek i z opuszczoną głową poszłam do swojego pokoju.

Było ciemno, więc naturalnie włączyłem światło i na podłodze w sypialni była Angela!

Była naga, z metalowymi kajdankami na nadgarstkach spiętymi za plecami, a także na kostkach, i uniesiona do pozycji uległej dzięki splątaniu długich włosów sznurem ciasno przywiązanym do kostek.

Knebel powstrzymał jej westchnienie, gdy patrzyła, jak podziwiam jej piękno, i zdała sobie sprawę, co wydarzy się dalej.

Obok leżał mały skórzany bicz z pojedynczym plecionym ogonem, który wyglądał jak miniaturowy bicz byka, a na nim była notatka.

Notatka pochodziła od pani Lucy i brzmiała po prostu:

„Pamiętaj Piotrze, zawsze spodziewaj się nieoczekiwanego".

Kiedy podniosłem bicz, moja męskość wróciła mocno i od tego momentu wiedziałem, że nigdy nie przestanę należeć do Przyjemności Bólu.

ŻYCZENIE SANDY

„Będę dziś wieczorem czekać na ciebie w twoim zwykłym pokoju hotelowym, potrzebuję cię".

Sandy odkłada słuchawkę, nerwowo czekając na swój wielki wieczór.

Z żadną inną kochanką nie podjął tak odważnych kroków.

Choć była wymagająca i głodna jak wilk , żaden mężczyzna nie dotknął jej najgłębszych namiętności tak, jak ten kochanek.

A kiedy ona wstępnie mu o tym wspomina, ku jego radości, on jest na to otwarty.

Jego umysł oszalał.

Czy ten kochanek naprawdę może dać jej to, czego pragnie?

Na co dzień Sam jest potężnym i odnoszącym sukcesy mężczyzną, którego wszyscy na świecie przestają słuchać.

A w swoim świecie Sandy jest cichą zamężną matką z przedmieść, której też słuchają, ale tylko małe dzieci.

Ona pragnie kontroli i szacunku niemal tak samo mocno, jak on chce, żeby ktoś się nim zaopiekował.

Ktoś, kto weźmie na siebie odpowiedzialność.

Kogoś, kto rozładuje presję związaną z ciągłym dowodzeniem.

* * *

Sandy stoi przed drzwiami pokoju hotelowego, wiedząc, że czeka na nią w środku.

Nerwowo puka do drzwi.

Zbierając się na odwagę i pamiętając o swoich fantazjach, trochę odgrywa swoją rolę.

„Otwórz natychmiast drzwi, albo pójdę do domu".

Sam uśmiecha się, słysząc rozkazujący mu głos kochanka.

Prawie słyszy muzyczny śmiech, który towarzyszy większości jego przemówień, wiedząc, że w jej życiu zazwyczaj ją rozśmiesza, a w szczególności jest to dla niej zmiana tempa , więc musi eksplodować radością.

Kiedy drzwi się otwierają, unika uśmiechu.

Uśmiecha się do niej, a jego wzrok przeszywa ją w mimowolnej próbie walki o kontrolę nad sytuacją.

„Nie dzisiaj, Sam. Nie dzisiaj. Dziś wieczorem ja tu rządzę, nie ty. Zdejmij to wszystko i idź do łóżka. A teraz się przytul, albo wyjdę".

Sandy wypowiada te słowa z coraz większą pewnością siebie.

Jego głos rezonuje mocno.

Stojąc ze stopami mocno osadzonymi na ziemi, Sandy patrzy, jak się rozbiera.

Każdy element garderoby, który zdejmuje, odsłania nieco więcej jego niesamowitej sylwetki.

WOW.

Jak ona to lubi.

„Teraz połóż się na łóżku. I nie ruszaj się, Sam, bo wyjdę. Mówię poważnie".

Sandy brzmi poważnie i stanowczo, jest to jej pierwsze ćwiczenie kontroli, a jej podekscytowanie rośnie z każdą minutą.

Leży na łóżku, jego męskość, na razie słaba, powoli rośnie, tworząc linię prostopadłą do leżącego ciała.

„Twoje oczy na mnie. Spójrz na mnie."

Sandy stoi w nogach łóżka, a przed nią nagi kochanek.

Bardzo powoli i celowo zdejmując każdą część garderoby.

Powoli zdejmując koszulę przez głowę, zatrzymuje się przed nim.

Jej dekolt wystaje z misek czarnego stanika, próbując, słabo, utrzymać piersi na miejscu.

Jej wąską talię zakrywa czarny gorset, sznurowany z przodu dla podkreślenia krągłości.

Powoli zdejmuje spódnicę, centymetr po centymetrze, odsłaniając maleńkie czarne stringi z koralikami i delikatnymi czarnymi kokardkami na każdym biodrze.

Odwracając się tak, by był skierowany przodem do niej, ona powoli rozpina stanik, tak że jej piersi swobodnie kołyszą się nad gorsetem, uwolnione z tymczasowego więzienia.

Sandy wzdycha z zachwytu.

Odwrócona tyłem do kochanka, odwraca głowę przez jego ramię i ponownie go ostrzega:

"Nie ruszaj się".

Odwracając się powoli i odsłaniając przed nim swoje pyszne piersi, trzyma stanik w dłoniach.

Rzucając go w stronę łóżka, spada mu na kolano.

Koronka stanika łaskocze ją w kolano, więc zaczyna się schylać, żeby go zdjąć.

Sandy patrzy na niego surowo:

„To twoje pierwsze ostrzeżenie. Nie ruszaj się. Dobrze wiesz, co się stanie, jeśli to zrobisz".

Kiedy starasz się pozostać nieruchoma, czujesz, że stanik jest niewygodny i łaskocze Twoje kolano.

Jest coraz bardziej świadomy swojej obecności.

Jego skóra mrowi od chęci drapania.

Gdy ich oczy nadal się spotykają, Sandy powoli pociąga sznurki po bokach swoich czarnych stringów i je rozwiązuje.

Tymczasem spada na podłogę wraz z innymi ubraniami.

Stojąc, teraz zupełnie naga, z wyjątkiem gorsetu, Sandy powoli unosi lewe kolano od stóp łóżka do materaca, gotowa doczołgać się w jego stronę.

Podnosząc drugie kolano, jest u jego stóp.

Z rękami wyciągniętymi do przodu, jego ciało kołysze się lekko z niekontrolowanym pożądaniem.

Kołysze się na kolanach, naśladując jego pragnienie ujeżdżania twardego kutasa, patrząc pożądliwie w jego oczy.

Sam leży tam, chcąc trzymać ręce wzdłuż boków, walcząc z chęcią przejęcia kontroli nad tym pięknym seksownym kotkiem w nogach jego łóżka.

Przypomina sobie, jak długo czekali na należyte spełnienie tej fantazji i pragnie ją spełnić w najdrobniejszych szczegółach.

Wije się niecierpliwie, przypominając sobie, że jeśli się poruszy, zrujnuje tę pyszną grę.

Jego kutas stoi na baczność i Sandy nie może nie zauważyć, jak apetycznie wygląda.

Sugestywnie oblizując usta, napotyka jej spojrzenie, zauważając pot pojawiający się na jego górnej wardze.

Gdy stara się spełnić swoje życzenia na tę noc.

Zatrzymuje się i zdaje sobie sprawę, że stanik wciąż ociera się o jej kolano, wiedząc, że materiał musi doprowadzać go do szału.

Na szczęście dla niego podnosi go z kolana.

Ale potem powoli przesuwa siateczkową i koronkową tkaninę w górę uda, przez pachwinę, lekko pieszcząc jej skórę, aż w końcu rzuca ją za siebie na stertę wyrzuconych ubrań w nogach łóżka.

Z wdziękiem przesuwając swoje ciało, zbliża swoje usta do jego ust.

Patrząc na jego usta, wie, że to właśnie te usta całuje z surową pasją, z takim głodem.

Wie, że walczy ze swoim najsilniejszym pragnieniem, aby nie pozostać w bezruchu i nie pożreć jej ustami.

Siedząc na jego klatce piersiowej, podpierając jej ciało silnymi nogami, jej chętna cipka i bujna skóra ocierają się o jego tors.

Siedząc na nim okrakiem, pyta go cicho:

– Czy chciałbyś mnie skosztować?

noc całkowicie wymienili moce , może tylko kiwnąć głową.

W odpowiedzi na jego skinienie Sandy przesuwa środkowym palcem po jego ociekającej szczelinie, lekko się unosząc, tak aby na nią patrzył.

Palcem lśniącym od jej soków przesuwa go pod jej nosem, nie dotykając jej skóry.

„Czujesz mnie, Sam?"

Ponownie kiwa głową.

„Chcesz mnie spróbować, Sam?"

Sandy całkowicie przejmuje się swoją rolą dowodzenia i czerpie przyjemność z dokuczania mu i dokuczania mu, wiedząc, że pod koniec wieczoru doświadczą czegoś zupełnie nowego.

Sandy dotyka palcem jego drżącej górnej wargi, karmiąc go sokami niczym oaza na pustyni.

Kiedy przesuwasz palcem po jej ustach, ona pochyla się do przodu, więc jej piersi kołyszą się i ocierają o jego klatkę piersiową.

Wysuwając język, oblizuje tylko jej usta, dzieląc się jej sokami, smakując jej usta, powstrzymując się od pożerania go, wiedząc, że kiedy ją pocałuje, straci kontrolę, na którą tak ciężko pracował .

Podczas gry Sandy ma napięte usta. Szybko odzyskuje lekką utratę panowania nad sobą.

Wkładając palec między zęby, zlizuje jej esencję.

Jej oczy i jego oczy nigdy się nie rozdzielają, a ich spojrzeniem pieprzyli się już tysiące razy, zanim ich części ciała w ogóle się złączyły.

Zsuwając się nieco w dół jego torsu, jej tyłek bawi się jego wyprostowanym kutasem, podczas gdy jej pośladki otaczają jego pulsującą męskość, gdy stara się przecisnąć między jej nogami.

Ona nadal się cofa, a jej ciepły, gorący kwiat muska czubek jego twardego pręta, kusząc i drażniąc go swoim ciepłem.

Ona ześlizguje się po jego nogach, które on stara się utrzymać nieruchomo, aż jej usta docierają do jego masywnej erekcji.

Powoli wsuwając czubek języka pomiędzy jego wargi, Sandy liże głowę, ale nic więcej.

Kochanek z całych sił próbuje wcisnąć się głęboko w jej gardło, lecz ona nie ulega pragnieniu zamknięcia go ustami.

Zamiast tego dręczy go powoli, po prostu liżąc jak rożek lodowy, smakując zaokrągloną główkę jego kutasa.

– Chcesz więcej, Sam? Sandy pyta słodko.

– Aha – z jego gardła wydobywa się zduszona odpowiedź.

„Chcę, żebyś pokazał, czego chcesz. Pokaż mi, co zrobić z ustami”.

Kiedy Sandy to mówi, przesuwa swoje ciało od jego kutasa do ust, gdzie umieszcza swoją ociekającą cipką obok jego ust.

„Pokaż mi, jak lubisz być lizany. Muszę się uczyć i tylko ty wiesz, czego potrzebujesz najbardziej".

Sandy siedzi okrakiem na jej ustach, chwytając ją obiema rękami za bok głowy i kierując ją do przodu, tak aby jej usta i cipka miały bezpośredni kontakt.

„Zjedz mnie. Pokaż mi, jak bardzo mnie pragniesz".

Kiedy mu to każe, Sandy puszcza głowę i kładzie się na jej ramionach, przybliżając swoją cipkę do jego ust.

Odrzucając głowę do tyłu w ekstazie, zdaje sobie sprawę, że jej kochanek po raz kolejny całkowicie czerpie przyjemność z jej odgrywania ról, gdy zachłannie krąży po jej cipce, wiedząc, że jeśli wykona dobrą robotę, nagrody będą ogromne.

Przesuwając językiem po jej ustach, otwierając kwiat, ssąc jej łechtaczkę, na przemian czuje się bardziej niesamowicie w jej głodnych ustach.

Kontynuuje ją liżąc, aż jego podniecenie spłynie po jej brodzie.

Wyciąga rękę, by chwycić ją za biodra, a ona szybko się wycofuje.

„Mówiłem ci, żebyś się nie ruszał. To twoje drugie ostrzeżenie".

Kiedy szybko wyjmuje swoją cipkę z jego ust, obserwuje zakłopotanie w oczach kochanka.

Nie mogąc całkowicie zachować swojej roli, Sandy pochyla się do przodu i delikatnie zlizywa swoje soki z jego twarzy, całuje go w policzki i patrzy mu w oczy, aby zrozumiał, że ona naprawdę gra w tę grę, ale tak naprawdę nic nie będzie jej od niego oddzielać.

Gdy ona poliże jego usta, przypomnienie jego własnego podniecenia niemal powoduje, że traci kontrolę.

Drżąc, by utrzymać swoją rolę, szybko ponownie się od niego oddala i wstaje z łóżka, by spojrzeć na leżącego tam kochanka, czekającego na jego kolejny ruch.

Jego kutas błyszczy w miejscu, w którym polizała głowę, ale ona zauważa małą kroplę spermy wypychającą się z czubka.

„Sam, wygląda na to, że jesteś naprawdę podekscytowany. Możesz mi o tym opowiedzieć?"

„Doprowadzasz mnie do szału, Sandy. To najsłodsza tortura, jaką kiedykolwiek znałem".

„No cóż, Sam, cierpliwość przynosi efekty i chcę, żebyśmy oboje się czegoś nauczyli. A jeszcze nie skończyłem z tobą".

Mówiąc to, szybko wstaje z łóżka i pochyla się, by dać kochankowi widok na jej cudownie zaokrąglony tyłek.

Jęczy pożądliwie, wiedząc, że musi tylko patrzeć.

Wyciąga coś z torby i odwraca się, trzymając mały przedmiot, ale oczywiście z zaciśniętą pięścią, bo nie jest gotowa, żeby to zobaczył.

„Zamknij oczy" – nakazuje.

Każda cząstka ich siły woli jest poddawana próbie, ponieważ jedyne ograniczenia i zakazy, których używają podczas odgrywania ról, mają charakter czysto mentalny.

Zdecydował się nie ruszać ani nie otwierać oczu, po prostu dlatego, że Sandy o to poprosiła.

Czuje, jak jej ciało porusza się obok niego, a materac przesuwa się lekko, ponieważ musiała usiąść obok niego.

Jej mała dłoń dotyka główki jego penisa, a jej palec pociera napletek wokół jego szczytu.

„Sam, wyglądasz, jakbyś miał eksplodować. Ale jestem na to gotowy. Ale nie martw się, nie otwieraj oczu ani nie ruszaj się".

Cisza jest ogłuszająca, gdyż jedynym dźwiękiem w pomieszczeniu jest jego coraz cięższy oddech.

Sandy jedną ręką chwyta jego kutasa, a drugą wsuwa coś przez głowę, zimny metalowy pierścień, który wywołuje dreszcz w całym jego ciele i sprawia, że dreszcze pojawiają się w kręgosłupie.

Przesuwa pierścień do podstawy jego penisa, a jego puls zaczyna drżeć.

Natychmiast czujesz, że stajesz się silniejszy i puchniesz.

"Otwórz oczy."

Jego kochanek otwiera oczy i dostrzega błysk metalu oraz podkładkę u podstawy jego masywnej erekcji.

– Pierścień na penisa, co?

„To moja dzika karta bezpieczeństwa, Sam. Mam z tobą wiele wspólnego i nie chcę, żeby to się skończyło, zanim się zacznie. Czujesz to?"

– Tak, jest ciasno.

– Czy to niewygodne?

– Nie, po prostu inaczej.

Jego kochanek przełyka, trochę nerwowo, ponieważ nigdy nie używał żadnej zabawki dla dorosłych.

„Łożysko zostało zaprojektowane tak, aby sprawiać mi przyjemność. Zobaczę, jakie to uczucie. Poczekaj nieruchomo".

Sandy cieszy się grą kontrolną, a jej podniecenie zaczyna osiągać szczyt.

Jej gorące soki wypływają swobodnie, więc wystarczy, że usiądzie na nim okrakiem i zejdzie na niego, a on natychmiast wypełni ją swoim ogromnym kutasem.

Pochyla się do przodu, powodując, że wałek przesuwa się po jej łechtaczce.

Jego ciało natychmiast rozgrzewa zimny metal i sugestywnie naciska na jej magiczne miejsce, gdy kołysze się do przodu.

Jego kutas wygina się lekko, gdy ona zaciska się w oczodole.

Chwyta jego nadgarstki swoimi małymi rączkami, chociaż jakikolwiek rodzaj unieruchomienia jest jedynie symboliczny, ponieważ z łatwością mógłby ją pokonać.

W jego grze tak naprawdę nie chodzi o władzę.

Po prostu udaje agresorkę, zwycięską bohaterkę.

Po chytrym mrugnięciu oka wyrażającym niewypowiedziane zrozumienie między nimi, ich wzajemna przyjemność nasila się.

„Tego właśnie chcę, Sam. Czujesz mnie? Czy czujesz, jak gorąco mnie rozpalasz?"

Sandy przygryza dolną wargę, naciskając mocniej.

Ściany jej pochwy zaciskają się, ściskając członka Sama z zaborczą dominacją.

Ona stoi wyżej i ściska jego kutasa, podczas gdy on czuje, jak pierścień na penisa ogranicza jego podniecenie i sprawia, że jest ono trudniejsze.

Sam krzywi się, gdy instynktownie wpycha biodra w głąb jej kobiecych wdzięków.

Jednak pamiętając, że otrzymał już dwa ostrzeżenia, stara się się powstrzymać.

Sandy wspina się na szczyt jego kutasa, trzymając samą głowę w środku, i siedzi nieruchomo, gotowa go wypuścić lub otoczyć.

Napięty moment trwa dalej, gdy Sandy pozostaje nieruchoma.

„Sam, podoba ci się to? Czy podoba ci się, jak gra twój kochanek? Czy możesz znowu za mną podążać?"

Zabawne dokuczanie Sandy podnieca Sama, gdy zdaje sobie sprawę, że może przekroczyć granicę tylko raz.

Zamiast jej odpowiedzieć, unosi biodra i zanurza w niej swój pulsujący, pełen męskości członek.

Pierścień penisa przesuwa się po jej łechtaczce, a on uśmiecha się do niej żartobliwie,

„Trzy ostrzeżenia wysyłają mnie na ławkę?"

Sandy wzdryga się przez chwilę, zdecydowana zachować kontrolę, po czym uśmiecha się do Sama.

– Analogia do baseballu, co? Nazwałbym to faulem. Przejdźmy do innego rzutu.

Sandy nadal trzyma nadgarstek Sama w czymś w rodzaju fałszywego uścisku, niechętnie się od niego odsuwając.

Oglądając to, nagle założenia gry stają się mniej ważne.

Chce, żeby ten mężczyzna wepchnął się w nią, a ona z każdą minutą traci siłę woli.

„Myślę, że muszę sprawdzić to u miotacza" – stwierdza Sandy, utrzymując analogię do baseballu, ale pochylając się, by pocałować Sama.

Przyciskając swoje usta do jego, jęczy pożądliwie, a odgrywanie ról szybko wyparowuje.

Bez tchu odsuwa się od niego.

„Pierdol mnie teraz. To mój rozkaz, Sam".

Sam uśmiecha się do swojej Sandy i oddycha z ulgą.

– Z tym czymś czy bez?

Sam z ciekawością wskazuje na pierścień penisa.

„W takim razie, dopóki nie osiągniesz orgazmu, wtedy to zdejmę".

Sandy przewraca się na plecy i rozkłada nogi w uwodzicielskim zaproszeniu.

„Sam, pamiętaj, że nadal tu rządzę i chcę, żebyś mnie pieprzył ustami".

„Z przyjemnością, moja pani. Z przyjemnością. Teraz twoja kolej, aby pozostać nieruchomym".

Gdy Sandy rozkłada nogi, Sam ustawia się między nimi i łapczywie wiruje między nimi językiem, szukając nektaru. przesuwaj się po jego języku, który płynie z wdzięcznością za jego podniecenie.

Kiedy liże jej otwarty kwiat, spacerując wokół niej, Sandy jęczy z tęsknoty pierwotnego pożądania.

Sandy zatraca się w doznaniach języka Sama i odpływa w miejsce oddalone od jej pokoju hotelowego.

Łapiąc go za głowę, w milczeniu zaprasza go do swojej ekstatycznej podróży.

Sam mierzy jej reakcje i wie, że jest o krok od orgazmu.

Przesuwa się po jej ciele, wciąż czując jej smak na ustach.

Kiedy wpycha w nią swojego kutasa, całuje ją głęboko w usta.

Wchodząc w nią z łatwością, Sam czuje, jak otaczają go jej drżące ściany.

Czuje jego pierścień na swojej łechtaczce, gdy Sam wykonuje pchnięcia raz po raz, pokazując jej, że do uprawiania miłości potrzeba dwojga, a nie jednego.

Wygina nogi do tyłu, aż opierają się na ramionach Sama, a on wchodzi w nią całkowicie.

Jej ciało jest jego pełne, jej łechtaczka łaskocze, a on czuje każdą głębię jej kobiecości.

Sam swoimi pocałunkami pochłania jej twarz, szyję i ramiona.

„Och, Samie".

Sam przyspiesza tempo, wiedząc, że jego Sandy jest już bardzo blisko kulminacji.

Ona zaczyna się poruszać, a on przypomina sobie założenia wieczoru.

– Czy jesteś gotowa, moja pani?

"Ja jestem."

Zatrzymując się na chwilę, Sam ponownie odsuwa się od Sandy.

Łapie jego penisa, nasiąkniętego jej sokami, i podwija pierścień penisa.

Zaokrąglona metalowa kulka wyznacza niewidzialną ścieżkę wzdłuż Twojego penisa.

Trzymając w dłoni świecący pierścień, uśmiecha się na widok symbolu ich wzajemnej ekstazy.

Sandy przykłada pierścionek do ust i oblizuje obwód, nie odrywając wzroku od oczu Sama.

Trzymając pierścionek w zębach, pochyla się w stronę Sama, gdy ten wyciąga go z jej zębów, tylko po to, by rzucić go na łóżko.

„Jesteś tak piękna, że nic nie może powstrzymać mnie przed pragnieniem bycia w Tobie, pod każdym względem".

„Weź mnie, mój kochany".

Bez słowa Sam wpycha swoją wściekłą erekcję w głodny otwór Sandy.

Praktycznie wita go w środku okrzykiem powitalnym.

On wielokrotnie popycha ją brutalnie, raz za razem.

Sandy jęczy z niekontrolowaną pasją.

„ Mmmmmmmmmmmm , Sam. Och, kochanie. W ten sposób, w ten sposób, głośniej, w ten sposób ."

„Och, kochanie, Sandy, tak bardzo cię kocham".

„No dalej, Sam, mocniej".

Sam robi pauzę na chwilę, wyciągając się z ciepła Sandy.

„Sandy, jestem gotowa eksplodować. Jesteś gotowa?"

„Byłem gotowy na ciebie od chwili, gdy wszedłeś, Sam".

Kiedy Sandy to mówi, kuca, prowadząc Sama z powrotem do jej niecierpliwego otwarcia.

Jednym szybkim ruchem Sam napiera na Sandy i zaciska zęby.

Zakopując głęboko w niej pulsującego kutasa.

Jęczy jak kobieta, która nagle została wypełniona wszystkim, czego potrzebuje.

„Och, Sam, nadal masz dla mnie ogromne znaczenie".

Cały dzień podnosiłam się na duchu . Uwielbiałem patrzeć, jak przejmujesz kontrolę".

„To prawda, że tak nie jest i uwielbiam dzielić się ze mną tym, co masz".

Kochankowie przestają rozmawiać i zaczynają poruszać się szybciej, oboje niebezpiecznie blisko kulminacji.

Sam wykonuje pchnięcia wielokrotnie, a Sandy wstaje, by sprostać każdemu pchnięciu, gdy oboje popadają w pierwotną radość.

„Och Sam, dojdź ze mną... Już tam jestem..."

Sandy sapie i wije się, gdy jej twarz wykrzywia się w niekontrolowanej pasji, gdy fale kurczących się mięśni przejmują jej rdzeń i promieniują przyjemnością przez całe ciało.

„Och, Sandy..."

Ciało Sama sztywnieje, a on bierze ją w ramiona i przenosi całą swoją energię z pulsującego penisa na powitalne ciało Sandy.

Jego sperma wpływa do niej, podczas gdy jej sok przepływa wokół jego kutasa w płynnej ekstazie.

Opadają bez tchu na materac i trzymają się za ręce, gdy ich serca zwalniają.

„To było o wiele lepsze niż zwykły szybki numerek, nie sądzisz?" Sam uśmiecha się złośliwie do Sandy.

„O tak, a mój wyjazd z mężem był pomocny. Dzięki temu mogliśmy lepiej cieszyć się naszym pokojem."

„No cóż, kochanie, naprawdę nie chciałem poświęcić całej swojej stłumionej pasji, aby zaciągnąć żonę do łóżka. Chciałem to wszystko dać tobie".

„I chciałem, żebyś mi to wszystko dał. Powiedziałbym, że spełniliśmy nasze życzenie, prawda?"

"Tak. A na więcej mamy jeszcze czas, bo moja żona nie spodziewa się mnie w najbliższym czasie w domu..."

"Genialny! „Będziemy musieli ponownie stwardnieć tego pysznego kutasa" – powiedziała Sandy, pochylając się, aby ponownie polizać jego kutasa...

APOKALIPSEX ZOMBIE

84

Najlepsza część apokalipsy zombie?

Dziewczyny dziękują, gdy ratujecie im życie.

Jestem poważny.

Naprawdę tak jest, nawet jeśli masz typ taki jak mój.

Nie jestem najwyższym facetem w mieście, ani najmądrzejszym, ani najprzystojniejszym.

Jestem tak normalny, jak to tylko możliwe.

Mam pięć stóp siedem wzrostu.

Mam proste, brązowe włosy, które zostawiam krótkie.

To nie są mahoniowe czy brązowe włosy.

Nie jest długi, falisty ani szczególnie błyszczący.

Jest brązowy, jak typowa brązowa kreskówka.

Nie jestem ani gruba, ani chuda.

Po prostu, do cholery, nie wiem.

Bez formy?

Najlepszym ćwiczeniem, jakie kiedykolwiek zrobiłem, było machanie średniowiecznym mieczem, który kupiłem na Festiwalu Renesansu kilka lat temu.

Cholera, uwielbiałem kręcić tą złą dziewczynkę.

Kupił nawet arbuzy, oparł je o słupek płotu i ciął jak prawdziwy średniowieczny wojownik.

Przyznaję.

W mojej głowie zawsze byłem trochę zły.

Kto mógł sobie wyobrazić, że to całe wymachiwanie mieczem pewnego dnia się przyda?

Ale to wszystko nie wystarczyło, aby uratować moją matkę i siostrę.

Chyba powinienem powiedzieć, że nie mogłem też uratować taty.

Ale zabawnie jest powiedzieć, że nie mogłem go uratować, chociaż to ja odciąłem mu głowę.

Tak, to jest do bani.

Podobał mi się stary.

Ostrzyłem Excalibur, jak nazywałem swój miecz, na kolanach, kiedy wszedł do mojego pokoju.

Zdałem sobie sprawę, że coś jest nie tak.

Był wszędzie pokryty krwią, która później dowiedziałam się, że należała do mamy.

Nie widziałem, gdzie został ugryziony, ale to nie miało znaczenia.

Warknął, zupełnie jak na filmach.

Był to głęboki, gardłowy dźwięk, który brzmiał, jakby pochodził od zwierzęcia, a nie człowieka.

Zatoczył się w moją stronę z wyciągniętymi zakrwawionymi rękami i wiedziałam.

Nie wiem skąd to wiedziałem, po prostu wiedziałem.

Więc wstałem i krzyknąłem coś w stylu: „Odsuń się!"

Kiedy nie zareagował, zamachnąłem się mieczem.

Moje pierwsze morderstwo.

Tata.

Martwy i znowu martwy.

Po wymiotach czułem się dobrze.

Pobiegłem po domu.

Znalazłem mamę martwą i w kawałkach.

Moja siostra była na podwórku, a trzy inne zombie wciąż ją gryzły.

Zawsze była dziwką.

Opiekowałem się każdym z nich bez skrajnych uprzedzeń.

To było łatwiejsze, niż mogłoby się wydawać.

Mając przed sobą jedzenie, moja siostra, zombie zamierzają zjeść.

Nie przejmują się zbytnio, czy ktoś jeszcze dołączy do festiwalu.

Nie obchodzi ich, czy w pobliżu jest więcej darmowego lunchu.

Jedyne, na czym im zależy, to dostać się do smakołyków znajdujących się w środku.

Gdy zaniknie serce, płuca i narządy, zaczynają się problemy.

Potem wstają i szukają więcej.

Wadą jest to, jak szybko potrafią jeść.

Potrafią przejść przez człowieka szybciej niż, no cóż, nie wiem co.

Po zabiciu ostatniego zombie, który pożerał moją siostrę, spojrzałem na to, co z niej zostało.

To nie było ładne.

Były tam kawałki płuc i większość jelit.

Najwyraźniej zombie nie lubią jeść gówna.

Właściwie, kto może ich winić?

Nancy Williams to nadęta laska, która mieszka obok mojego domu.

Nasze domy oddziela ogród.

Zatrzymałam się na tyle długo, żeby założyć tenisówki i pobiegłam w stronę jego domu.

Może spóźniłem się, nie wiedziałem, ale musiałem spróbować.

Nancy może i jest nadęta suką, ale nie zasługiwała na śmierć z rąk i ust zombie.

Nie poszło dobrze.

Biegnąc, zauważyłem, że światła zewnętrzne były włączone.

Światła działają jak czujnik ruchu.

Gdy podszedłem bliżej, zrozumiałem, dlaczego są włączone.

Trzej nieumarli byli na podwórzu i potykając się, zmierzali w stronę jego drzwi.

Patrzyłem, jak pierwszy biegnie w stronę drzwi, zanim zdążyłem tam dotrzeć.

Jak idiota ojciec Nancy otworzył drzwi i zginął jako pierwszy.

To dało mi możliwość wyeliminowania trzech zombie, które spadły na gościa, który miał być obiadem.

Jak mówiłem, kiedy jedzą, nieumarli ignorują wszystko inne.

Ojciec Nancy wyglądał jak wrak.

Wskoczyłem na jego ciało i zadzwoniłem do Nancy.

Z drugiej strony miałem szczęście, że mama Nancy wyszła.

– Co zrobiliście mojemu mężowi? – krzyknęła i rzuciła we mnie lampą.

Pieprzona lampa!

Uderzyłem ją Excaliburem.

Pomogł także cały ten baseball, w który grał jako dziecko.

„Pani Williams! Zombie!" Próbowałem wyjaśnić.

Spojrzała na mnie dziko i pobiegła w stronę szczątków męża. Kiepski pomysł.

Peter Williams był na tyle zły, że umarł i wrócił.

Złapał żonę i zaczął jeść.

To właśnie te krzyki wciąż nie pozwalają mi zasnąć w niektóre noce.

Nawet jeśli to nie jest ta pani. Williams, kiedy słyszę krzyki w oddali, zawsze zastępuję ich krzyki tymi, które usłyszałem tamtego dnia.

Jedzenie żywcem boli.

Miałem mnóstwo czasu, żeby rozwiązać zagadkę.

Jeśli cię ugryzą, odwracasz się.

Nie ma znaczenia, gdzie cię ugryzą, ważne, że to zrobią.

Musisz unikać bycia kąskiem.

I nie pytaj mnie dlaczego, ale posiadanie wnętrzności zombie albo krwi na sobie lub w ustach nie wystarczy.

Jeśli ukąszenie jest śmiertelne (pan Williams został ugryziony najpierw w szyję), a inne zombie nie rozerwą cię na kawałki, możesz dość szybko się obrócić.

Chyba zaraz po śmierci.

Jeśli ukąszenie nie jest śmiertelne, jad zacznie działać po pewnym czasie.

Nadal umierasz i stajesz się jednym z nieumarłych, ale może to zająć kilka godzin, a nawet dni.

Dlatego po pewnym czasie zaczynasz zabijać nowo ugryzione z taką samą bezkarnością, jak te już przemienione.

Dlaczego nie?

Po prostu prędzej czy później spowodują problemy.

Nie robię tego zbyt wiele, ale robię to.

Pani Williams wciąż krzyczała, gdy została krwawo zamordowana (w najdokładniejszym opisie, jaki mogę podać), kiedy Nancy wbiegła do pokoju.

Byłem zdezorientowany i przestraszony.

Widziała, co ojciec robił jej matce.

"Zrób coś!" – krzyknęła na mnie.

Już w tym byłem.

Zamachnąłem się mieczem w głowę pana Williamsa i odciąłem mu głowę.

Rozdarta i zniekształcona, ale ledwo zjedzona, matka Nancy szybko się odwróciła.

Warknęła na mnie i to było wszystko, czego potrzebowałem.

W pewnym momencie zabrakło mu głowy.

"Mój Boże!" – powiedziała Nancy.

„Tak. Zombie" – wyjaśniłem.

– Bez kitu – powiedziała.

Miał na sobie obcisły T-shirt i bawełniane spodenki.

Wyglądał gorąco jak cholera.

Nie miała na sobie stanika.

Jej sutki były twarde jak cholera.

To zabawne, że pamiętam to wszystko, jakby wydarzyło się wczoraj.

"Jest więcej?"

„Trzech kolejnych zabitych na froncie" – powiedziałem.

Zrobiłem, co w mojej mocy, aby odepchnąć szczątki jego rodziców i zamknąć drzwi.

W salonie włączony był telewizor, a spikerzy weszli do programu z najświeższymi wiadomościami.

To gówno było prawdziwe i działo się wszędzie.

Nikt nie wiedział dlaczego.

Nikt nie wiedział, czy istnieje strefa zero.

Nikogo to nie obchodziło.

Nancy i ja podeszliśmy do kanapy i ze zdumieniem spojrzeliśmy na ekran.

„Dziękuję za uratowanie mi życia" – powiedziała, gdy dotarła do niej rzeczywistość nowych czasów.

– Nie ma problemu – powiedziałem.

"Ponieważ ja?"

„Ponieważ jesteś ładna" – powiedziałem jej.

To była prawda i zbyt bałam się kłamać.

„Dziękuję" – powiedział i kontynuowaliśmy oglądanie telewizji.

Nie pamiętam, kiedy to się stało, ale po chwili Nancy zaproponowała, żebym wziął prysznic i zmył krew.

Ja to zrobiłem.

Dał mi do założenia trochę ubrań swojego ojca.

Nie bardzo mi to pasowało.

Nie obchodzi mnie to.

Mógłbym wrócić do domu i poszukać ubrań.

Następnie zabrał mnie do swojego pokoju.

„Nie chcę umrzeć jako dziewica" – powiedział i dał mi próbny pocałunek.

"Czy jesteś dziewicą?" Zapytałam.

Biorąc pod uwagę, że zmarli wracali do życia i zjadali żywych, był to pewnie drobny szczegół, a jednak mnie zaskoczył.

"Jeśli nie?"

„Kurwa, nie" – powiedziałem.

"Gówno."

– Mówię poważnie – upierałem się.

Położyła rękę na biodrze i posłała mi klasyczne, zboczone spojrzenie, które na szczęście kończy się po ukończeniu szkoły średniej.

"Kto?" zażądał.

„Katty Walker? Andy Muller ?"

„Nie , właściwie zrobiłem to najpierw z Vicky Flowers , ale zrobiłem też coś z pozostałą dwójką. I było fajnie. Tęsknię za nimi".

– Dlaczego nie uratowałeś jednego z nich?

– Byłeś bliżej.

„Nie mogę uwierzyć, że jestem dziewicą, a ty nie" – powiedziała.

„To po prostu oznacza, że wiem, co robię" – zasugerowałem.

„Jeśli nie umrzemy i nikomu o tym nie powiesz, zabiję cię".

Położyłem Excalibur obok drzwi do jego pokoju, skąd mógł go łatwo chwycić.

Potem ją pocałowałem.

Nie udawałem, że ją pocałowałem, to znaczy, pocałowałem ją.

Pieprzyć to.

Byłem bohaterem.

Widział wystarczająco dużo filmów.

Zamierzałem ją pocałować jak bohater.

Przyłożyłem swoje usta do jej i wepchnąłem język do jej ust.

Nancy jęknęła ze zdziwienia, po czym wtuliła się we mnie.

Następnie odsunął się i zdjął koszulę.

Miałem rację.

Nie miała stanika, miała duże sutki, a jej piersi były idealne, służyły mi jak bułka z masłem z każdej strony.

Myślę, że to sprośne z mojej strony wchodzenie w szczegóły tego, co wydarzyło się później, ale pieprzyć to.

Do tego momentu w moim życiu Nancy była dla mnie idealną dziesiątką.

Była seksowną dziewczyną, którą każdy facet wykorzystywał w swoich fantazjach.

Zdjąłem ubranie jej taty (wiem, że to przerażające) i pozwoliłem jej zobaczyć mojego twardego kutasa.

„Nie wiem, co robić" – powiedział.

„Zdejmij szorty, a ja zajmę się resztą" – powiedziałem mu. „Widziałeś już twardego kutasa, prawda?"

„W filmach i nie tylko".

„Wystarczająco dobre. Wiesz, że powinieneś najpierw to possać, prawda?"

"Muszę?"

„Nie, możesz umrzeć jako dziewica" – powiedziałam i udałam, że się ubieram.

– Czekaj, w ten sposób? zapytała.

Objęła mnie swoimi ślicznymi, pełnymi ustami i zaczęła ssać.

Nie była w tym zbyt dobra.

Nie była tak dobra jak Andy Muller .

Teraz ta suka mogłaby ssać pieprzonego kutasa!

Ale to nie miało znaczenia, naprawdę.

To nie zmieściłoby się w ustach Nancy.

Chciałem tylko zobaczyć jej twarz owiniętą wokół mojego fiuta.

Było to wspomnienie mojego brata, o którym ona nie wiedziała.

To było podziękowanie za te wszystkie razy, gdy jeden z nas, brat, mówił drugiemu: Jedyną rzeczą, która uczyniłaby ją ładniejszą, byłoby zobaczenie jej owiniętej wokół mojego fiuta.

Kiedy popijała, miałem nadzieję, że z moim bratem wszystko w porządku.

– Czy dobrze to robię? zapytała.

– Wystarczająco dobre – powiedziałem.

Byłem gotowy na ruchanie.

Pieprzyć cię.

Pieprzyć wszystko.

– Dlaczego nie położysz się na łóżku?

Nancy wspięła się na łóżko, położyła się na plecach i spojrzała na mnie w zamyśleniu.

– Czy to będzie bolało?

„Być może" – powiedziałem i po raz pierwszy usiadłem pomiędzy jej nogami.

Vicky była pierwsza.

Zanim to zrobiliśmy, czytaliśmy o tym, jak to zrobić.

Chyba to właśnie robią nerdy.

Z naszych lektur wiedziałam, że niektóre dziewczyny, te, które mają nienaruszoną błonę dziewiczą, mogą odczuwać ostry ból w momencie jej pęknięcia.

Może być trochę krwi.

Stamtąd byłoby już gładko.

Tak właśnie było z Vicky i Andym.

Nie inaczej było w przypadku Nancy.

Wsunąłem się w nią bez problemu.

– Jesteś pewien, że jesteś dziewicą?

Cóż, z perspektywy czasu, nie było to najwłaściwsze, co powiedzieć, gdy zobaczyłeś dziewczynę, która mówiła ci, że jest dziewicą.

„Ty pierdolony draniu! Zejdź ze mnie!" – krzyknęła, szarpiąc się na mnie.

Wyszedłem z tego.

– Co masz, kurwa, na myśli?

„Mówię tylko, że inne dziewczyny..."

„Pieprzyć te dziwki" – powiedział i zaczął płakać.

Idealnie, pomyślałem.

Jakby apokalipsa zombie nie wystarczyła, musiał stawić czoła płaczącemu, rozpieszczonemu bachorowi.

– Przepraszam – powiedziałem i wstałem z jego łóżka.

"Gdzie idziesz?"

„Nie wiem. W domu? Zabić więcej zombie? Nie wiem".

„Ale myślałam, że to zrobimy, wiesz..." Wciąż szlochała.

„Właśnie to zrobiliśmy. Wystarczy jedno trafienie. Gratulacje, teraz nie jesteś już dziewicą".

„Ale Julian powiedział, że to się nie liczy, jeśli nie mam orgazmu".

„Julian? Julian Walker?" Zapytałam.

Skinęła głową.

był Julian Walker .

Był gwiazdą naszej szkolnej drużyny piłkarskiej i jej chłopakiem.

– Czy ty i Julian pieprzycie się?

„Robimy tę część, ale Julian powiedział, że nadal jestem dziewicą, ponieważ nie miałam orgazmu".

„Miałeś kiedyś orgazm?"

Zarumieniła się i skinęła głową.

„Kiedy zrobię to sam".

„Palcami".

„Hej, nie! Używam swojej zabawki. Nie mam zamiaru się tam dotykać".

„Czy mogę zobaczyć twoją zabawkę?"

„Nie" – powiedziała.

– Okej – wzruszyłem ramionami.

Wzięłam za duże spodnie jego ojca.

Musiałem coś założyć w drodze do domu.

„Poczekaj, oto jest" – powiedziała i wyjęła ogromny gumowy wibrator z szuflady szafki nocnej.

– Używasz tego na sobie? Zapytałem oszołomiony.

Skinęła głową.

"W środku czy na zewnątrz?"

Podoba mi się to wnętrze, naprawdę głębokie. Źle, prawda? Julian mówił, że dlatego było tam tak duże.

Przez chwilę byłem zdezorientowany.

Nie był w niej od długiego czasu, ale nie był zbyt duży.

Poczuła się ciasno.

Wiedziałam, że ucisk nie ma nic wspólnego z dziewictwem, więc pozostała tylko jedna odpowiedź.

„Czy mogę zadać ci pytanie? Czyje jest większe, moje czy Juliana ?"

Stanąłem twarzą w twarz z moim kutasem wciąż przed nią twardym.

Julian jest o połowę mniejszy. Jesteś czarny?"

"To?"

„ Julian powiedział, że jedyni faceci z większymi kutasami od niego są czarni".

„Nancy? Julian cię okłamał. Jestem większy niż przeciętny, ale nie jestem wybrykiem natury".

„Julian powiedział, że wszyscy faceci w porno są po części czarni".

„Julian to pieprzony kłamca" – zaśmiałem się i zastanawiałem się, na ile jeszcze sposobów można mnie wziąć za głupca.

Myślałem, żeby poświęcić trochę czasu, żeby jej to wyjaśnić, wyjaśnić z nią wszystko, ale wydawało mi się to za dużo pracy.

„Słuchaj, wszystko w porządku. Julian to kłamliwy drań z małym kutasem, a ja wracam do domu po jakieś ciuchy, które na mnie pasują. Jeśli chcesz przyjść, zerżnę cię w moim łóżku".

Ona to zrobiła, ja to jej zrobiłem i myślę, że straciła dziewictwo, kiedy doszła, gdy byłem jeszcze w niej.

Nie wiem, w takie noce myślę o Nancy najwięcej.

Nigdy nie straciła trybu suczki , ale nadal uważam, że było jej smutno, że następnego dnia musiałam się nią opiekować.

Chodziliśmy od domu do domu w okolicy, żeby zobaczyć, kto został.

Nancy nie chciała mnie słuchać, żebym była ostrożna.

Pobiegła do domu swojego chłopaka, a on ją ugryzł.

No cóż, to się zdarza. Wziąłem głowy obojga.

Najpierw jej chłopak, a potem, po nawróceniu, Nancy.

Ale tak właśnie poznałam Cristy Walker, nieco starszą siostrę chłopaka Nancy.

Cristy ukrywała się w swoim pokoju za zamkniętymi drzwiami, przed bratem.

Słyszał głosy, zabijanie i wreszcie moje żegnanie z Nancy.

"Cześć?" – krzyknął ze swojego pokoju. "Kto mówi?"

– To ja – odpowiedziałem, przedstawiając się. – Teraz jest bezpiecznie.

„Tam są zombie" – krzyknął.

"Ja wiem."

„Ty, czy już wiesz, jak to zrobić? Zabiłeś ich?"

„Znowu nie żyją" – obiecałem.

„Naprawdę muszę się wysikać" – powiedział, otwierając drzwi i biegnąc korytarzem do łazienki.

Nie zamknęła drzwi do łazienki.

Nie spojrzałem.

To było niegrzeczne.

„Kim znowu jesteś?"

„Mieszkam w bloku poniżej".

„Czy jesteś tym dziwakiem, który kroi arbuzy mieczem?"

"Tak, to ja."

Cristy zarumieniła się i wróciła na korytarz.

Miała na sobie majtki i T-shirt.

Zobaczyła nogi swojego brata i Nancy.

Pozostali byli w drugim pokoju.

Cristy przytuliła mnie i dała wielkiego całusa.

„Dziękuję" – powiedziała.

Z tego, co powiedział dalej, sądzę, że patrzył na jej piersi.

„Chroń mnie, a to będzie twoje" – powiedział i pocałował mnie w policzek. – Te i wszystkie inne części mnie.

Jak mówiłem, nie ma nic lepszego niż apokalipsa zombie w podrywaniu dziewczyn.

KONIEC

97

www.ingramcontent.com/pod-product-compliance
Lightning Source LLC
Chambersburg PA
CBHW051906130726
47987CB00002B/999